SEIS SE6UNDOS DE ATENÇÃO

HUMBERTO GESSINGER

BelasLetras

SEIS SEGUNDOS DE ATENÇÃO

© 2013 Humberto Gessinger

Editor **Gustavo Guertler**
Assistente editorial **Fabiana Seferin**
Revisão **Mônica Ballejo Canto**
Projeto gráfico **Melissa Mattos**

[2013]
Todos os direitos desta edição reservados à
Editora Belas-Letras Ltda.
Rua Coronel Camisão, 167
CEP 95020-420 – Caxias do Sul – RS
www.belasletras.com.br

www.humbertogessinger.com.br

Dados Internacionais de Catalogação na Fonte (CIP)
Biblioteca Pública Municipal Dr.Demetrio Niederauer
Caxias do Sul, RS

G392s	Gessinger, Humberto
	Seis segundos de atenção/ Humberto Gessinger.
	_Caxias do Sul, RS : Belas-Letras, 2013.
	168 p.

ISBN: 978-85-8174-125-3

1.Crônicas brasileiras. 2.Música brasileira. I. Título.

13/45   CDU : 821.134.3(81)-92

Catalogação elaborada pela Bibliotecária
Maria Nair Sodré Monteiro da Cruz CRB 10/904

SEIS SE6UNDOS DE ATENÇÃO

HUMBERTO GESSINGER

SEXTA-FEIRA SANTA	7
SEIS PILHAS PRO MEU RÁDIO	9
A PORTA ABERTA, A HORA CERTA	15
IMITAÇÃO ORIGINAL	18
DO RAMO	22
SEISCENTOS ANOS DE ESTUDO	25
O NÓ DA GRAVATA E O DÓ DE PEITO	30
MILONGA DO XEQUE-MATE	33
MISSÃO	36
BOI NA LINHA	39
A FORÇA DO SILÊNCIO	42
SOM E PAUSA	45
TRAMANDO MANTRAS	47
VAMO! VAMO! (PR'AONDE?)	52
AERODINÂMICA NUM TANQUE DE GUERRA	55
INSULAR	61
1 2 3 4 5 6 EU TU ELE NÓS VÓS ELES	63
MILONGA ORIENTAO	65
IGUAL, MAS DIFERENTE	68
QUANDO A PROXIMIDADE AFASTA	71
QUANDO A DISTÂNCIA APROXIMA	75
SEIS SENTIDOS NA MESMA DIREÇÃO	78
ARRAZOADO	81
SEIS VARIAÇÕES SOBRE O MESMO TEMA	84
(QUAL É A) SUA GRAÇA?	88
VENTO QUE VENTA LÁ (TAMBÉM VENTA AQUI)	90

- 93 FRUTOS DO MAR
- 97 SESSENTA TONELADAS DE UM MINUTO EM SUSPENSÃO
- 101 O VOO DO BESOURO
- 106 A GEOGRAFIA DE KANT, O SONO DE NAPOLEÃO E O UMBIGO DA SHAKIRA
- 109 BORA
- 111 A PONTE PARA O DIA
- 113 ESSAS VIDAS DA GENTE

- 116 A HORA DO MERGULHO
- 119 PROFECIAS AUTORREALIZÁVEIS
- 122 SEM FILTRO
- 127 UM, DOIS, TESTE, TESTE...
- 129 ZEITGEIST
- 132 TUDO ESTÁ PARADO
- 134 RECARGA

- 137 PHYSIQUE DU RÔLE
- 141 NO GUICHÊ AO LADO
- 144 CERTEZA E SURPRESA
- 148 O HOMEM DE 6 MILHÕES DE DÓLARES
- 154 AO SUL DE LIVERPOOL
- 157 O FOLE ENGOLE O GAITEIRO
- 160 SIMANCOL E SIFRAGOL
- 163 OLHOS ABERTOS
- 165 TCHAU RADAR, A CANÇÃO

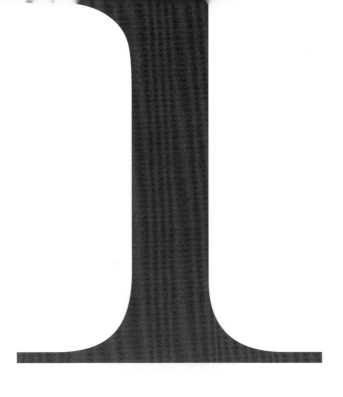

SEXTA-FEIRA SANTA

Em 1938, Orson Welles transformou *A Guerra dos Mundos*, de H.G. Wells, numa peça radiofônica. Transmitida como se fosse o relato jornalístico de uma invasão de extraterrestres, a peça gerou uma onda de pânico nos ouvintes que, em diversos pontos dos EUA, ignoravam tratar-se de ficção.

Numa páscoa da minha infância, uma rádio resolveu cobrir a Paixão de Cristo como se fosse um acontecimento contemporâneo. O mesmo locutor que lia as notícias do mundo real interrompia a programação normal da rádio a cada hora (com a tensa vinheta que antecede notícias urgentes) e relatava, passo a passo, a prisão, a escolha entre Jesus e Barrabás, a Via-Crúcis, a crucificação, a lança perfurando o flanco, o céu desabando...

Estaria mentindo se dissesse que a criança que eu era, tal qual os ouvintes incautos do Orson Welles, acreditou que aquilo estivesse acontecendo em tempo real. Mas eu estaria igualmente mentindo se dissesse que não fiquei profundamente impressionado.

Até hoje não sei se essa experiência é causa ou consequência da minha paixão pelo rádio.

SEIS PILHAS PRO MEU RÁDIO

Um dia ouvi minha própria voz no rádio. Estranha viagem do ouvido colado no falante à boca colada no microfone. Recepção transformada em emissão.

Deixei de ser criança pela enésima vez quando escutei pela primeira vez minha música numa rádio *mainstream*. Eu já tinha ouvido canções minhas várias vezes na rádio alternativa que, valorosamente, tocava fitas *demo* das bandas locais (Sim, fitas! Sim, *demos*!! Sim, das bandas porto-alegrenses!!!).

Mas ouvir minha voz, minha banda, minha composição numa daquelas rádios que só tocavam as mais tocadas foi algo estranho. Diferente do que vejo nas biografias de outros artistas, não foi um êxtase transcendental. Nenhuma epifania. Foi uma sensação dúbia: felicidade e temor, drama e comédia.

Quis o destino que eu estivesse experimentando calças quando minha música tocou na rádio que fazia o fundo musical de uma loja de departamentos. Não há espaço mais desprovido de heroísmo e clima do que um provador de roupas – um exíguo espaço para se usar calças e camisas que ainda não são nossas.

Eu estava ali – prisioneiro na gaiola formada por duas divisórias de madeira, um espelho e uma cortininha – quando uma frase de guitarra introduziu o anúncio de que Fidel e Pinochet estariam para sempre juntos no início duma canção, duma banda estranha, duns gaúchos esquisitos.

Parecia que uma enorme lente de aumento havia sido colocada sobre o sentimento de inadequação que sempre me acompanhou; ou que uma daquelas lâmpadas de sala de interrogatório onipresentes em filmes de detetive do cinema *noir* cegava meus olhos. O que eu deveria absorver daquela experiência? Que alcançaria, via música, pessoas que não tinham e nunca teriam nada a ver comigo? Que alcançaria companheiros de jornada que nunca teria encontrado não fosse minha música? Que ruim, que bom.

Tive vontade de sair correndo, mas a calça que eu estava usando não era minha e nem me servia bem e eu estava descalço e minha meia provavelmente estava furada e o provador ficava a milhas e milhas e milhas da porta de saída da loja.

Eu me orgulhava da canção e da trajetória da banda, é claro. Mas era estranho ouvi-la entre cabides, consumidores e atendentes; na escada rolante, em meio ao burburinho da praça de alimentação. Era frustrante constatar que minha música não fazia o mundo parar. Nenhum anjo apareceu cavalgando um cavalo marinho azul. No máximo alguém cantarolou e bateu o pé na fila do caixa. Deixei de ser criança.

Felizmente, voltei à infância no último acorde, quando renasceu a certeza de que, se a canção tocasse outra vez, o mundo pararia, tudo ficaria suspenso e um enorme coro de anjos montados em alazões azuis alados flutuaria fazendo *backing vocals* entre as roupas e eletrodomésticos de todas as lojas de departamentos da Via Láctea. E todos os problemas estariam resolvidos (ou – ao menos – revelados).

Ainda não. Na próxima, certamente.

(*)

Se existisse um *Evangelho Segundo o Comentarista do Rádio Esportivo*, lá estaria escrito que técnico bom é aquele que sabe por que ganha e por que perde. Parece simples... mas não é.

Obter os dados é só o início. Nos nossos dias, é mais difícil ler corretamente as informações do que obtê-las. Como na piada sobre pesquisa médica: "Segundo as estatísticas, doenças do pulmão aumentam o consumo de cigarro". Uma caricata confusão entre causa e consequência. Mais comum do que se possa imaginar.

(Às pessoas que me pedem letras pensando que fiz sucesso por causa delas, eu gostaria de dizer que talvez eu tenha feito sucesso apesar delas. Aos que me pedem melodias achando que fiz sucesso por causa delas, gostaria de dizer que talvez eu tenha feito sucesso apesar delas. Aos que me pedem para tocar/cantar/escrever... mesma coisa. Se, impacientes, me perguntassem, afinal, por que fiz sucesso, eu diria que talvez eu não tenha feito.)

Ok, vamos adiante. Já tens os dados e tens certeza de que não confundirás causas e consequências? Sinto dizer que isso pode não significar nada. A mão trêmula do acaso pode erguer a peça que dará xeque-mate nas nossas pretensões de entender os porquês. Como um elástico esticado mais do que aguenta, a linha que liga causa e consequência pode se romper. É o que acontece, às vezes: ficamos órfãos de explicação para muita coisa que, simplesmente... acontece.

E não adianta forçar a barra para adaptar a realidade às nossas teses, como quem quer encher um copo com mais água do que cabe nele. A elegância de uma explicação não garante sua eficácia. A necessidade de uma explicação não garante sua existência.

Há mais uma dificuldade no caminho de quem quer saber por que ganha e por que perde: ao contrário dos esportes, na vida nem sempre é fácil distinguir as vitórias das derrotas.

Sabe aquele cara que se acha muito azarado, que sempre está a um passo de estourar, arrasar, chegar lá, mas nunca consegue? É um tipo comum, eu mesmo conheço vários. Olhando de perto se descobre que, na real, são pessoas com muita sorte que, incrivelmente, chegaram tão longe.

Ouvi numa jornada esportiva esta anedota sobre Castilhos, goleiro do Fluminense nos anos 50, considerado muito sortudo pelas inúmeras bolas que batiam na trave. Perguntado a respeito, ele respondia que, na verdade, era muito azarado, pois a bola podia ir em infinitas direções e batia justo nos poucos centímetros da trave!

Mas, afinal, como se chega ao, como se convive com, o que é o... sucesso?

Entendo tanto disso quanto de física quântica: nada. Mas se sou sincero, dizendo não ter o que dizer, parece que estou me fazendo de morto pra ganhar sapato novo. Então, falo algumas precárias frases e defino sucesso a partir de uma experiência que vivi em dezembro de 87, no início de uma tarde de calor escaldante no Rio de Janeiro, sob um sol que parecia me chicotear em Copacabana.

Andava pela rua tentando captar no mormaço a quantidade de oxigênio que meus pulmões pediam no trajeto entre o ar condicionado do estúdio e o ar condicionado do hotel quando um som, ao mesmo tempo estranho e familiar, me atraiu.

A porta de metal, dessas que se abrem enrolando pra cima (uma mistura de cortina com tampa de lata de sardina), estava aberta pela metade. Tive que me abaixar um pouco para descobrir a origem do som que me atraíra. Assim que meus olhos se acostumaram à diminuição brusca de claridade, vi um pedreiro retirando o piso à porrada. Uma névoa de caliça e suor sobre sua pele fazia-o parecer um fantasma de peça de teatro infantil.

Marcando o tempo com o esporro da picareta na cerâmica e misturando canto e assobio, ele fazia uma versão incrível de Terra de Gigantes. Ali estava minha música respirando a vida real sem nada condicionando o ar ao seu redor.

Tratei de seguir caminhando com medo de que ele me reconhecesse. Sem me dar conta que, na época, só me conhecia quem se ligava nas bandas iniciantes: pouquíssima gente. Nem em sonhos passava pela minha cabeça que meu público cresceria e eu viraria um rosto reconhecível.

Aquela cena me bastava para resumir o sucesso: minha música chegando aonde eu, à paisana, pessoa física, não chegaria. Asas generosas.

A PORTA ABERTA, A HORA CERTA

A expressão *janela de oportunidade* ficou popular de uns tempos pra cá. Provavelmente foi resgatada de outros ambientes pelos livros de autoajuda empresarial que reinventam a roda a cada semestre.

Não sei qual seria a origem do termo. Sei que, hoje, ele é usado nas mais diversas situações – de políticos procurando a hora certa para lançar candidatura a atletas querendo saber por quanto tempo, depois do exercício, devem consumir proteínas para ganhar massa muscular.

Eu sempre associo *janela de oportunidade* ao mundo das viagens espaciais. Imagino uma nave com um período de tempo limitado para entrar em órbita e voltar para casa. Se perder a chance, vagará eternamente pelo cosmo infinito (trilha sonora tensa, *close* nos olhos do comandante, propulsores a toda força, tchaaaaaannnnn).

É interessante que uma imagem tão física – janela: uma brecha nos tijolos, um furo no muro – seja usada para descrever algo tão impalpável: o tempo certo.

Algumas pessoas levam muito a sério esse lance de janela de oportunidade. Correm ofegantes sob a angústia de que a passagem se feche a qualquer momento; de que seja a única e nunca mais se abra. Nessa ansiedade, acabam fechando – além da janela – os olhos para caminhos alternativos.

Nada me parece ser tão radicalmente definitivo na vida. Ok, ok, tens razão: a morte é. Mas a maneira como nos relacionamos com ela, não. São várias as variáveis, sempre. E bastou terminar a frase anterior para que essas variáveis já sejam outras.

(Especialistas dizem que um acidente aéreo nunca acontece por um único motivo. É sempre uma sucessão de falhas que causa o desastre. Vale para quase tudo na vida. Syd Barret não saiu do Pink Floyd só porque filava cigarros, Lemmy Kilmister não saiu do Hawkwind só porque se atrasou para uma *gig*, os Beatles não acabaram só porque John trocou Paul por Yoko, o Brasil não perdeu pra Itália em 82 só porque Júnior não fez a linha de impedimento, nem perdeu pra França em 86 só porque Zico errou um pênalti. Mesmo o jogo que termina 1x0 não é decidido por um lance só. Namoros não começam por um único beijo e não terminam por um único motivo.)

Mas, tudo bem, vamos admitir que se feche a tal janela de oportunidade. Então, que tal colar um pôster ou fazer um desenho na parede? Isso não te basta? Entendo... Hey, o que tens na tua mão? Uma picareta? Vais abrir uma janela na marra? Ok, tô na torcida!

(*)

A blessing in disguise é uma expressão gringa que acho linda. A versão brasileira é mais direta e menos poética: *há males que vêm para o bem*. Seja em que idioma for, o importante é ter em mente que se alguém bateu a porta na tua cara, se concretaram a janela de oportunidade, talvez seja uma benção disfarçada – *a blessing in disguise*.

IMITAÇÃO ORIGINAL

Ao contrário do que possa parecer, são raros os comediantes que imitam bêbados, *gays*, o Papa, Pelé, Lula e Sílvio Santos. A imensa maioria dos comediantes imita comediantes que imitam bêbados, *gays*, o Papa, Pelé, Lula e Sílvio Santos. A diferença é sutil, mas fundamental. São vários os degraus dessa escada que desce até chegarmos em comediantes que imitam comediantes que imitam comediantes que imitam comediantes que imitam comediantes que... já nem sabem o que estão imitando.

O mesmo pode ser dito de quase tudo no mundo da criação. Guitarristas de *blues*, por exemplo. Alguns poucos dão voz ao sentimento; a maioria evoca o som de outros guitarristas que, estes sim, sentem o *blues*. Outros exemplos: cantores de *reggae*, bateristas de *heavy metal*, amantes, políticos, pastores, rabinos, centroavantes, compositores... ops, compositores? Não deveriam criar? Sim, deveriam. Num mundo perfeito, criariam.

Não vai aqui nenhuma censura. O cantor de *reggae* desespiritualizado pode soar bem. O centroavante sem instinto pode fazer gol. O comediante que imita imitações pode até ser mais engraçado do que o imitador original: cada elo que se soma à corrente vai exagerando a caricatura, aproximando a *performance* do *nonsense*. E o absurdo pode divertir. Às vezes, é só o que se quer: que entretenha.

Mas este tocador de contrabaixo que vos escreve deve admitir que, cada vez mais, está interessado na origem e nos originais, em quem é do ramo:

o centroavante que sabe antes dos outros aonde a bola vai, o humorista que uniu inspiração e transpiração para sacar os tiques e o ritmo do personagem que imita, o guitarrista que toca cada nota na primeira pessoa do singular, o compositor que... compõe. Por mais imperfeito que seja o produto final, é essa fagulha primeira que me interessa.

Essa faísca fugidia é a estrela guia que procuro nas noites que, com frequência, me confundem. Na minha arte e no meu ofício, fardado e à paisana, na vida pessoal e profissional, busco relações claras e verdadeiras ou relação nenhuma. As poucas que consegui compensam os vários fracassos de ruas sem saída, paz de cemitério e inimigos na trincheira.

Um prazer que compensa toda mão de obra de embarcar em novas parcerias, novos desafios, é buscar o centro de originalidade do novo momento, o núcleo duro do novo ambiente. Sem comparar com o que passou nem prever o que virá (quando ouço comparações sobre as várias fases da minha carreira me sinto como se estivesse ouvindo um grego gago grogue falar – nunca usei um momento como regra para outro – cada instante tem sua magia, mesmo que seja a magia de esperar).

Não é tão fácil quanto parece buscar e manter a conexão com o que há de mais forte dentro de nós. Há que ser do ramo, escutar o que não é dito. E toma tempo! Um tempo que, às vezes, não queremos ter. Um tempo que não podemos parar nem fazer andar mais rápido – 600 anos de estudo, 6 segundos de atenção, 60 toneladas de um minuto em suspensão.

A única coisa que podemos fazer com o tempo é escolher o que fazer com ele (cuidado: estaremos também escolhendo o que não fazer!). Mostre-
-me alguém que reclama não ter tempo pra nada e te mostrarei alguém

que pensa ter tempo para tudo. Querer agarrar o mundo com as mãos é a melhor receita para ficar de mãos vazias.

Se a resposta, meu amigo, *is blowing in the wind*, uma hora a gente respira este ar e, então, *the answer, my friend*, está dentro de nós.

DO RAMO

"Fulano é do ramo", "Beltrano não é do ramo". Gosto da expressão. A analogia vegetal (como se as possibilidades que a vida oferece formassem um arbusto ou uma árvore) suaviza a noção de que nosso destino já esteja escrito.

"No ramo desde ****", assinatura que antigas empresas ostentam para expor sua permanência no mercado, sempre me lembra um bichinho agarrado a um galho que balança ao sabor do vento e pelo próprio peso do animal.

Conheço músicos talentosíssimos que não são do ramo. Apesar da habilidade técnica, não dialogam de forma criativa com a tradição, o momento e o futuro. Fazem bem, mas não avançam um milímetro além do que já foi feito.

Há músicos limitados, mas do ramo, cujas limitações até os ajudaram a transcender e levar à frente, por um milímetro que seja, a história da música. Há também, é claro, os extremos: músicos habilidosíssimos que são do ramo e os sem talento que não são. Sobre eles, por óbvio, nada precisa ser dito.

Nem sempre é fácil saber qual é nosso ramo. E há várias maneiras de se posicionar num mesmo ramo; várias formas de ser médico, poeta, engenheiro, político... também há várias formas de não ser nada. Não nos deixemos cabrestear pelos estereótipos!

A questão não se esgota em ser ou não do ramo. Talvez o tal ramo nem exista em determinados meio social e período histórico. Quantos extraordinários artistas, cientistas, atletas ou filósofos morreram antes de nascer, pois estavam na hora errada no lugar errado (cedo demais, tarde demais, longe demais)?

Os ziguezagues da vida podem nos afastar do nosso ramo. Até que algo ou alguém (para ficar no reino vegetal) quebre nosso galho e aponte o caminho que já estava, sempre esteve, nos nossos pés.

SEISCENTOS ANOS DE ESTUDO

Quando eu era piá, costumava ouvir um comentarista esportivo das antigas. Ele havia jogado no Grêmio na década de 30. Depois, atuou como árbitro e ainda treinou a dupla Gre-Nal. Muitos consideram Foguinho (era este seu nome de guerra) um dos pilares sobre os quais se ergueu a tradição gaúcha do futebol-força.

Ele costumava vaticinar o futuro de jogadores que eram contratados, sem nunca tê-los visto jogar, usando como único recurso um exame minucioso da foto do atleta no jornal. E, frequentemente, a foto mostrava o jogador chegando no aeroporto, nem as pernas dava pra ver! Claro que rolavam erros grosseiros de avaliação. Nesses casos, acompanhar a relutância do Foguinho em dar o braço a torcer fazia parte da diversão.

Quando os colegas comentaristas vindos dos cursos de jornalismo, sem experiência de campo, faziam teses mirabolantes cheias de palavras com muitas sílabas, num tom de enfado ele repetia: "Ah, esses intelectuais do futebol...".

Nos bate-papos esportivos, na falta de assunto mais momentoso, frequentemente pinta a questão: "É necessário ter sido jogador para ser técnico?". Sempre tem alguém que responde: "Pra ser jóquei não precisa ter sido cavalo!". É um clássico da oratória.

Cada caso é um caso (isto vale para todos os casos), mas não me parece coincidência que grandes técnicos tenham sido jogadores medíocres

(Felipão no futebol, Brad Gilbert no tênis). Faz sentido: eles tinham que superar suas limitações otimizando seus recursos (tutano!).

Imagine Pelé ou Maradona dando instruções a seus atacantes: "Pega a bola, dribla cinco e mete no canto onde o goleiro não está. E faz isso três vezes, tá?". Fácil, né? Não poderia dar certo.

Na produção musical rolaria algo parecido. Se Jimi Hendrix produzisse um solo, diria: "Cara, faz esta guitarra pegar fogo, toca coisas que ninguém nunca tocou e que todo mundo precisa ouvir!". Se Jaco Pastorius produzisse uma base: "Véio, toca como se o baixo fosse um coração bombeando sangue e suingue para o resto da banda!". Fácil, né? Pra eles.

Os pré-requisitos necessários ao bom produtor (ou técnico ou professor) são quase opostos aos necessários ao bom artista. Ele não precisa ser autoral, pelo contrário, tem de ter um estômago bem flexível.

(*)

Na sua chegada ao Brasil, antes de virarem padrão, os CDs eram caros; quase todos importados. Nas poucas e pequenas lojas, o atendimento geralmente era afetado, de boutique, como em alguns restaurantes metidos à besta.

Entrei em uma dessas lojas, em Ipanema, e notei que o dono estava discutindo preferências musicais com um cliente. Tentei sair de fininho, mas o cara me viu e me chamou. Querendo que eu atuasse como juiz e decidisse o impasse entre eles, perguntou: "Quem toca mais, Eric Clapton ou Andrés Segovia?".

PQP! Se eu dissesse que a comparação entre o guitarrista inglês, nascido em 1945, e o violonista espanhol, nascido em 1893, não fazia o menor sentido, provavelmente iniciaria uma outra querela e eu só queria sair dali rápido.

Respondi "Jacob do Bandolim" (uma resposta tão boa e tão ruim quanto outra qualquer – mas a mais sincera) e deixei a loja com a desculpa de que estacionara meu carro em lugar proibido.

Adoro teses bem construídas. Sou capaz de ficar horas falando sobre música, esporte, frutas, religião, livros... Acho que equações matemáticas podem ser belas, assim como discursos políticos, carros populares e raquetes de tênis. Cada um com sua beleza.

Mas quando se quer usar fita métrica para comparar alhos e bugalhos, tô fora. Por que fingir que podemos ser objetivos quando amamos ou odiamos? Por que fingir que podemos ser subjetivos quando medimos e comparamos? *Ah, esses intelectuais da emoção...*

(*)

Quando falamos de arte, estamos falando de nós mesmos. Você acha Bach muito metódico e a voz do Neil Young muito chorosa? Isso revela muito de você, pouco do alemão e do canadense.

Quando alguém me diz que este ou aquele é meu melhor disco/livro/música/banda está dizendo tanta coisa a respeito de si...

(*)

Meu estudo formal de música se resume a alguns meses de aulas de bandolim, o resto aprendi sozinho (isso é só um modo de falar, sozinho não se faz nada e nada se aprende – quis dizer que aprendi sem um professor formal). Se eu nascesse de novo, buscaria os melhores mestres. Mais por divertimento (adoro exercícios, escalas, teoria), pois não creio que melhorasse minha escrita musical.

Quem me ensinou a tocar violão, viola caipira, piano, baixo, guitarra, gaitas de boca e de fole foram minhas canções. Eu não sei tocar os instrumentos, sei tocar as canções. Se por um lado corro o risco da autorreferência estéril, por outro, sei que tudo que crio tem meu DNA impresso. E, no fim das contas, quem tenta aprender tudo com todos e agarrar o mundo com as mãos corre o risco de ficar com as mãos vazias.

Ensinar a si mesmo, aprender com as próprias canções... não recomendo este *bootstrap* a ninguém. É perigoso. Olhar para o espelho, recomendo. É necessário. A fina linha que separa o perigo da necessidade é tarefa de cada um desenhar. Nenhum mestre pode fazer isso por nós.

O NÓ DA GRAVATA Ɛ O DÓ DE PEITO

Um caso de admiração entre músicos na Viena da virada do século passado: Schönberg dizia que, observando Mahler fazer o nó da gravata, havia aprendido mais do que em três anos de conservatório.

O leitor mais pragmático deve estar pensando "que baba-ovismo imbecil". Entendo o leitor. Mas devo confessar que entendo Schönberg muito mais. Eu mesmo já tive *insights* vendo artistas magistrais em atos prosaicos: guardando o instrumento no estojo, contando compassos com o pé no chão do palco... Já aprendi muito vendo como um produtor apagava anotações com a borracha e, depois, assoprava a folha.

Não vale só para músicos talentosos: entendi muita coisa vendo Dunga caminhar para a bola, bater o pênalti e vibrar com o punho cerrado na final que nos deu a copa de 94 – depois de ele haver sido estigmatizado na derrota de 90.

Ok, talvez esses momentos de revelação não correspondam a três anos de conservatório. Mas, afinal, não estamos falando da matemática do ano letivo, né?

Se quiser (se puder) a gente aprende com os menores gestos das pessoas agraciadas com algum dom (e todo mundo tem algum). Quando alguém está de corpo e alma, até os ossos, mergulhado em sua magia, o fundamental e o insignificante são inseparáveis, o geral e o particular se fundem.

O que faremos com o que aprendemos em cada esquina da vida (e com o que aprendemos formalmente nos conservatórios) é problema nosso. E talvez seja a nossa solução.

No mesmo livro em que li a frase de Schönberg, há uma citação do poeta francês Paul Valery: "O mais profundo é a pele", que me lembrou a pergunta do poeta estadunidense Walt Whitman: "O que pode ser maior ou menor do que um primeiro toque?".

A vida fica muito maior quando estamos atentos e abertos ao aprendizado nos pequenos detalhes, quando nos livramos da prepotência das verdades absolutas. Às vezes, a escolha é muito simples (quase óbvia no início do outono porto-alegrense): a flexibilidade das folhas ao vento ou a rigidez cadavérica das grandes certezas.

Para algumas religiões, nossa passagem por aqui (primavera-verão-outono-inverno) tem como finalidade o aprendizado. Se não me engano, uma delas diz que a passagem não é uma só, que voltaremos até aprender. É, há que ter paciência! Acho que aprendi: ando sem paciência pra gente sem paciência.

MILONGA DO XEQUE-MATE

LETRA E MÚSICA:
HUMBERTO GESSINGER, 2012

(1)
um peão no tabuleiro
um cavalo em disparada
na caçamba da *pick up*
as lembranças da estrada

quatro torres no castelo
um lamento em cada canto
quatro rodas tracionadas
para sempre por enquanto

afinal quem é a peça
e quem é o jogador?
quem perdeu a sua chance
qual foi o lance vencedor?

um movimento: xeque-mate
silêncio esclarecedor
poeira levantando
levando o ronco do motor

grito preso na garganta
canta o rádio da *pick up*
procurar outros destinos
pra que a vida não escape

afinal quem é a peça
e quem é o jogador?
quem perdeu a sua chance
qual foi o lance vencedor?

um rei, uma rainha
defendendo seu reinado
cada um com sua cor
sua corte, seu quadrado

numa noite sem tamanho
um rebanho no abate
olho no retrovisor
agora fora de combate

afinal quem é a peça
e quem é o jogador?
quem escolhe o caminho
quem caminha ao sabor...

...dos ventos e tempestades
do movimento das marés
da força da gravidade
que nos prende pelos pés

(2)

afinal quem é a peça
e quem é o jogador?
de quem era o coração
conservado em isopor?

a mão que move o destino
peça que move o jogador
oferece o mate amargo
pra matar a solidão

pra matear ali solito
gosto amargo da distância
até que a vida nos separe
da nossa humilde arrogância

quem se joga nesse jogo
faz da regra liberdade
faz valer o seu valor
quem se joga de verdade

afinal quem é a peça
e quem é o jogador?
quem perdeu a sua chance
qual foi o lance vencedor?

afinal quem é a peça
e quem é o jogador?
quem perdeu a sua chance
quem fez o lance vencedor?

amargo choque traz a bomba
com toda pompa e circunstância
até que a vida nos explique
essa importante irrelevância

afinal quem é a peça
e quem é o jogador ?
o futuro está na mesa
certeza ninguém tem

longa milonga, lenga-lenga
narração do bom combate
estrada esteira aeroporto
no *check in*, um xeque-mate

afinal quem é a peça
e quem é o jogador?
na força da natureza
com a fraqueza natural

no filme *O Sétimo Selo*
morte *versus* cavaleiro
está selado o destino
mais um tabu no tabuleiro

afinal quem é a peça
e quem é o jogador?
o que fica para sempre
no caminho, o que ficou?

MISSÃO

LETRA: HUMBERTO GESSINGER, 2012
MÚSICA: DUCA LEINDECKER

qual é a tua, meu chapa?
qual é a tua missão?
velho malandro da Lapa
dono de um mundo em extinção

qual é a tua ruína
teu Coliseu, tuas Missões
lá onde tudo termina
um sonho jogado aos leões

a imagem que ficou
quando a luz se apagou pra sempre
sete povos onde estão
sete dias passarão pra sempre

vai sem pressa – sem medo de errar
vai sem drama – se quiser voltar
vai saber qual é o teu lugar

sete vidas, qual é a tua?
tantos futuros na mão
uma lança, índio charrua
quem sabe a paz de um chimarrão

a imagem que ficou
quando a luz se apagou pra sempre
sete povos onde estão
sete dias passarão pra sempre

vai sem pressa – sem medo de errar
vai sem drama – se quiser voltar
vai saber qual é o teu lugar

tchê, qual é a tua?
qual é a tua merrmão?

BOI NA LINHA

Tenho um compadre com quem jogo tênis desde nossa infância. Nesse tempão, cada um seguiu seu caminho na vida. Rolaram alguns tempinhos sem jogo. Mas, sabe como é, por mais que se lave os tênis, o pó de tijolo não sai.

Nosso primeiro jogo não houve. Explico: treinávamos com o mesmo professor, em turnos diferentes. Naquele tempo (metade dos anos 70), crianças que estudavam no turno da manhã e crianças que estudavam à tarde viviam em mundos paralelos que muito raramente se encontravam em algum fim de semana. O tal professor, achando que nosso nível de jogo era parecido, marcou o encontro.

No dia do jogo, fiquei esperando, mas o compadre não apareceu. Depois explicou: "Meu pai não pôde me levar... deram uma batida no Malibu... rolou problema com os documentos e depois ele teve que ir pro hospital".

Havia, em Porto Alegre, uma boate chamada Malibu. Supus que meu parceiro de tênis fosse filho do dono e que, quando a polícia deu uma batida no estabelecimento, os documentos não estavam em dia, o que gerou uma confusão que acabou com feridos no hospital.

Eu poderia ter ficado com essa impressão para sempre. Sim, era só uma impressão, fruto de um mal-entendido. Demorei alguns meses para descobrir a verdade.

Na real, Malibu era o nome do carro deles (um Chevrolet importado, raridade na época), a batida fora um pequeno acidente de trânsito; o guarda se enrolou com os procedimentos por não estar acostumado com a documentação (carros importados, raridade na época) e o pai do meu então futuro parceiro tenístico fora ao hospital não por estar ferido e sim por ser médico – estava a caminho do trabalho.

Volto a esta história sem importância sempre que penso na fragilidade dos encontros, dos inícios, quando o terreno é desconhecido e uma vírgula mal colocada pode ser o fim de algo que nem começou. Deve acontecer a toda hora e a gente nem fica sabendo. Uma esquina dobrada um segundo antes ou depois é um encontro que não houve.

(*)

Palavras guardam, em si, armadilhas. Uma usina de mal-entendidos em potencial. Principalmente as digitadas com pressa por alguém desatento. É fácil transformar uma coisa "legal" em algo "letal", basta esbarrar na tecla errada. G e T são vizinhos no teclado.

Mesmo sem trocar as letras, só vacilando na *space bar*, "quem vai ao show" pode se transformar em "quem vaia o show" e "simples de coração" pode virar "simples decoração".

Mas, se ao escrever você transformar aquela "garota muito parada" numa "garota muito tarada", a proximidade das teclas não servirá como desculpa. Há quatro delas entre o T e o P. Prepare-se, não faltarão teses psicanalíticas para explicar o engano. Vindas de quem não acredita no acaso.

A FORÇA DO SILÊNCIO

Se um gaúcho te disser "'qualquer coisa, prende o grito", pode chamá-lo se precisar de algo. É este o sentido da frase para nós. O contrário do grito preso na garganta que Chico Buarque canta em *Cálice*. Cale-se, só que não. Soltar o verbo. É este o espírito de "prender o grito" para gaúchos.

Gritar, desabafar, é bom. Até certo ponto – como tudo na vida. Como sempre na vida, é difícil saber onde – raios! – fica este ponto de equilíbrio.

Gritar, desabafar, pode ter o efeito contrário: pode aumentar a pedra no caminho (ou no sapato) que gera a angústia que precisa desabafo. Tipo aqueles dias muito quentes ou frios demais em que todo mundo que encontramos reclama do calor do cão, do frio de rachar. E cada comentário só faz realimentar o desconforto da temperatura extrema.

Há situações em que talvez seja melhor engolir o grito. Com água quente e erva-mate.

(*)

O silêncio de quem tem algo a dizer é igual ao de quem não tem? Como saber se, visto (ou melhor: ouvido – ou melhor ainda: não ouvido) de fora, todo silêncio é igual?

4'33" é uma peça (uma música? um *happening*?) do compositor vanguardista John Cage. Composta originalmente para qualquer instrumento, geralmente é interpretada ao piano. Não sei se cabe usar o termo "tocada", pois, na peça, o músico deve ficar exatos 4 minutos e 33 segundos sem tocar nenhuma nota.

Radicalizando a noção de que o silêncio faz parte da música, em *4'33"* Cage colocou o silêncio no comando para que os ruídos, sempre existentes e nunca iguais, sejam a música. Longe de ser um solo de nada, é um mix de tudo, de qualquer coisa.

Um achado! Dizem que ser genial é ver o óbvio antes dos outros. Se não fosse Cage, alguém, em algum momento, certamente teria esta ideia. Como toda peça "de vanguarda", "experimental" (termos sempre inexatos), ela se presta a muita especulação e picaretagem.

Frequentemente, este tipo de manifestação artística conceitual faz mais sentido em páginas de livros e trabalhos acadêmicos do que nas salas de concerto e no dia a dia. Mas sempre que penso no silêncio de *4'33"*, me vem à mente a questão: será que qualquer um pode executá-la tão bem quanto um grande pianista? Todo silêncio é igual?

SOM E PAUSA

Entrevistada na saída de um encontro de líderes do partido, uma velha raposa da política mineira declarou: "A reunião foi muito proveitosa, estou rouco de tanto ouvir". Velhos tempos em que políticos profissionais não eram só os bonecos do ventríloquo marqueteiro. Vez por outra pintava, se não ações corajosas, ao menos alguma frase interessante.

No mundo ilusoriamente interativo em que vivemos, inverto a brincadeira e pergunto: será que estamos surdos de tanto falar? Desequilíbrio entre emissão e recepção. Pontes pela metade, interrompidas antes de chegar ao seu destino.

Somos todos ilhas de sombra e luz iluminando (e iluminados por) outras ilhas de sombra e luz que iluminam (e são iluminadas por) outras ilhas de... som e pausa.

TRAMANDO MANTRAS

Além do silêncio, é preciso estar com a cabeça vazia para ouvir os próprios passos. Não é comum. Seria insuportável ouvi-los sempre. Dar-se conta de cada piscada de olhos, ser consciente da escura fração de segundo cada vez que a pálpebra desce para lubrificar o globo ocular, fragmentaria tudo que vemos. Quebraria para sempre tudo que queremos unir.

É preciso ignorar algumas coisas para conhecer outras. Vale o mesmo para os sentimentos. "Sentir tudo com intensidade total" são palavras que ficam bem em livros do século XIX ou canções dos anos 60; na vida real, a tradução pode ser "não sentir nada".

Mas estados de hipersensibilidade ou sensibilidade embotada (opostos que dão na mesma) às vezes pintam. Há que lidar com eles. Para mim, eles costumam acontecer no fim dos ciclos, quando o cansaço acumulado – que era contido pela excitação do vir a ser – cobra seu preço.

Digito este texto e ouço o barulho das teclas. Não é comum. Seria insuportável ouvi-lo sempre. Estou naquele (neste) estado em que tudo parece falar alto demais. Por sorte, tenho um mantra salvador que me redime. Quase uma oração. Num misto de desabafo e súplica, exclamo mentalmente: "Chato pra caralho!". Pronto, descarrego. Alívio imediato.

Não bastam as palavras, o ritmo também é importante: ênfase nas consoantes, um "ch" longo, pausa dramática depois do "a", desfecho percussivo como patas de cavalos velozes em tonalidade descendente.

Mais ou menos assim: "Chhhhhhhá – – Topaca – Ralho!".
– Mensalão, futebol, mesa redonda?
– Chhhhhhhá – – Topaca – Ralho!
– Telefone, *email*, menu?
– Chhhhhhhá – – Topaca – Ralho!
– Gracinhas na TV, candidatos a vereador?
– Chhhhhhhá – – Topaca – Ralho!
– Hotel, aeroporto, solos de guitarra?
– Chhhhhhhá – – Topaca – Ralho!
– Gente fina, sorriso, cara mala, chororô?
– Chhhhhhhá – – Topaca – Ralho!
– Beijinho, rockinho, diminutivinhos?
– Chhhhhhhá – – Topaca – Ralho!
– Filmão, sonzão, vamo tirar o pé do chão?
– Chhhhhhhá – – Topaca – Ralho!
– Perguntas, cobranças, planos, promessas?
– Juras de amor, camaradagem de elevador?
– Chhhhhhhá – – Topaca – Ralho!

Nem tudo é chato pra caralho, é claro. Dizer "tudo" é morrer. O mantra ajuda a chegar às coisas que nunca são chatas pra caralho: um par de olhos, um pôr do sol...

(*)

Também tenho um mantra especulativo. É o seguinte: fecho os olhos e fico julgando qual seria a pior piada de todos os tempos. Busco na memória anedotas de qualidade decrescente até empacar numa zona nebulosa em que é difícil saber se, de tão sem graça, ainda se trata de uma piada. É neste pantano da graça sem graça que passo um tempo especulando. É nessa coxilha que solto meu pensamento xucro pra pastar: na impossibilidade de saber qual é a pior piada do mundo. E me divirto.

A pior pergunta do mundo, eu sei qual é. Esta: "O que tu tá pensando?". Não com a intenção indignada de "quem tu pensa que é?!?" ou "que porra é essa?!?". Me refiro ao "que tu tá pensando" no seu sentido mais direto, disparado por alguém que tenha intimidade suficiente para estranhar a profundeza incomum do nosso silêncio em determinado momento.

Que armadilha cruel disfarçada de um simples pedido para revelarmos o que estamos pensando!

Todo cara dado a silêncios já deve ter ouvido essa pergunta. Todos que convivem com alguém assim já devem tê-la feito (ainda que sem o vício de linguagem gaúcho que assassina a concordância misturando "tu" e "você").

Tiro pela culatra, a pergunta nos resgata de um silêncio para jogar-nos em outro. Para respondê-la temos que pensar no que estávamos pensando. Somos obrigados a traçar um mapa do acaso que levou nosso pensamento e... foi-se toda a espontaneidade. Como uma luz acesa de repente que nos cega. Como uma pedra que atinge um plácido espelho d'água que, agitado, já não devolve imagem alguma.

Uma pedra num lago, uma gota de adoçante no café. Algo que cai numa superfície líquida até então inerte gerando círculos concêntricos que partem em direção às margens.

Taí um mantra visual. Um protetor de tela pra minha cabeça, papel de parede mental. Uma imagem distraindo a porção mais excitável do cérebro pra que a parte mais profunda e arredia venha à tona.

Um mantra visual. Para esquecer que as cores têm nome. Esquecer os pontos e as linhas que ligam os pontos para que o quadro se apresente na sua totalidade. Sem pergunta nem resposta. Sem "por quê?" nem "porque!". Sem sentido, com significado.

Putz, há tantos assuntos palpitantes sobre os quais palpitar e eu só consigo pensar numa pedra caindo na água. Eleições, crimes, julgamentos, lançamentos... e só me interessa o espelho d'água, de repente tomado por círculos concêntricos. Quando o último chegar à margem, neste microtsunami, numa banheira ou copo de uísque, a pedra ou seja lá qual tenha sido a causa, já estará no fundo, terá desaparecido, só restarão consequências. Irradiação fóssil.

Campeonatos na reta final, celebridades, mais uma crise mundial? Tô nem aí. Sigo focado num mantra que cega e faz enxergar.

VAMO! VAMO! (PR'AONDE?)

A cena é recorrente em filmes de guerra: o soldado ferido fica para trás, não consegue acompanhar o pelotão. O comandante vai até ele e, para animá-lo, faz um sermão motivacional que mais parece um esporro do tipo "você é um homem ou um rato?". Coitado do cara, tá todo estropiado e ainda tem que aguentar a mala do chefe!

Há adaptações da cena para vários tipos de filme. Sobre esporte, por exemplo. Basta substituir general e soldado por técnico e atleta. Num filme sobre a busca do estrelato, é só colocar produtor e músico, diretor e ator, etc. Desnecessário dizer que, na ficção, o discurso do líder sempre resulta em reação e vitória.

A adrenalina, que corre nas veias para deixar o animal mais esperto num momento de perigo, pode não ser uma boa conselheira a longo prazo.

Dizem que o lateral direito de um grande time se emocionou tanto na palestra motivacional antes do jogo (papo emotivo envolvendo carta dos filhos e fotos da mãe pedindo vitória, com trilha sonora melosa no início e *Eye Of The Tiger* no fim) que entrou chorando em campo e cometeu um pênalti aos oito minutos do primeiro tempo de uma semifinal de Brasileirão.

Com frequência, me sugerem que faça uma canção enaltecendo meu clube de futebol. Eu até poderia enfileirar alguns lugares-comuns, fanfarronices do tipo "passar por cima", numa melodia épica. Mas, pra ser sincero (e minha única chance de escrever boas canções é sendo sincero – não falo isso com orgulho, imagino que seja uma limitação), a canção que eu poderia escrever teria um andamento lento e diria "estou roendo as unhas no concreto frio da arquibancada, viajando, viajando".

Fico meio cabreiro com discursos motivacionais. Efeito contrário, eles me deprimem. Assim como canções melancólicas podem animar, fazendo companhia. Às vezes, é tudo que se pode: estar disponível, ficar ao lado, ouvir. A não ser que alguém ache mesmo que tem resposta para todos os enigmas do universo, de ataques alienígenas ao achaque do flanelinha da esquina.

O general (o técnico, o produtor, o diretor) pode preferir esbravejar ou insinuar. O soldado (o jogador, o músico, o ator) pode reagir melhor a gritos ou sussurros. De certo mesmo, só o seguinte: a solução, para todos, está dentro de cada um. Se não estiver ali, não está em lugar nenhum.

AERODINÂMICA NUM TANQUE DE GUERRA

Confesso que, nos anos em que morei no Rio de Janeiro, tentei falar palavrões como os cariocas. Aumentar a quantidade foi fácil, bastava aproveitar toda oportunidade, cada pausa na frase. Mas fazê-los soar inofensivos, musicais, quase simpáticos, era tarefa impossível para este gaúcho.

Frequentemente, meu "bom dia" parecia mais ríspido do que o "pqp" dos meus amigos. Não adianta; tem que ter a manha. É um dom e cariocas são mestres nisso. Um palavrão dito com graça suspende, por uma fração de segundo, a relação entre conteúdo e forma, entre o sentido da palavra e a maneira como ela é dita.

Conheço pessoas capazes de dar as piores notícias como se fossem avisos de bilhete premiado. Mas não é um talento que resista a qualquer ambiente. Mesmo essas pessoas podem soar mais grosseiras do que realmente são quando passam do mundo oral para a virtualidade das redes sociais.

Além da falta de reflexão que acompanha esses meios ultrarrápidos – ah, quantas brigas poderiam ser evitadas se respirassem fundo, contassem até dez ou se a conexão fosse mais lenta! –, o formato padronizado deixa tudo mais confuso. Basta comparar o *email* às cartas. Nestas, além das palavras, várias coisas falavam: a ansiedade ou a calma da caligrafia, o excesso ou a falta de cola no selo, alguma mancha de tinta, o estado do papel, um cheiro, e – principalmente – o "p.s."!

Tão revelador de lapsos e prioridades, o *Post Scriptum* foi condenado à morte nestes dias de *cut* and *paste*. Basta levar o cursor ao ponto desejado lá no meio do texto e incluir ou suprimir informação. A qualquer momento. Nada é definitivo no meio digital até que se clique no *send*. Mas, ao contrário do mundo oral onde um suspiro depois da frase pode mudar seu significado, nada tem volta depois que se clica no *send*.

(*)

Nos meus tempos de estudante de arquitetura, era esse o assunto preferido no bar da faculdade: a relação entre forma e função. Em meio a conversas sobre artes plásticas, música, mulheres e futebol, rolavam altos devaneios sobre o tema.

Para uns, a forma deveria sempre refletir a função. Nada de decoração ou enfeite nas colunas ou fachadas. Tudo exposto, a racionalidade da estrutura faria a beleza do prédio. Para outros, simular colunas gregas não era um pecado — na busca da beleza (ou do impacto) a função até poderia ser um fardo a ser escondido.

Eu balançava entre os dois conceitos; ora preferindo um, ora outro. Gostava muito do bule de café minimalista, sem frescura, desenhado pelos alemães da Bauhaus. Mas também adorava minha chaleira pintada como se fosse uma galinha. Um contrabaixo Steinberger, com seu design espartano, puramente funcional, me fascinava tanto quanto o baixo do cara do Kiss, cujo desenho simulava um machado.

Dia desses, os papos no boteco da faculdade me voltaram à mente enquanto me exercitava na academia. Estava rolando um DVD com sambas muito agradáveis. O pessoal costuma colocar vídeos de artistas que desagradem ao menor número possível de clientes. Mesmo que não agradem muito a ninguém. É a lógica do *musak* e do papel de parede: passar batido; estar não estando. Mas aqueles sambas soavam realmente agradáveis. Segui correndo e ouvindo, distraído, o *laialá-laiá*.

Lá pelas tantas, começou a tocar uma versão de *Sunday Bloody Sunday*. Para minha surpresa, nos monitores e alto falantes da academia, os caras cantavam o domingo sangrento com radiante felicidade! Sorrisos, dança e firulas. Genuína alegria enquanto a letra dizia *"and today the millions cry / we eat and drink while tomorrow they die"*. Forma e conteúdo, cada um num planeta.

Não vai aí nenhum sentido de crítica. Eu sei: não sermos literais às vezes faz nossa grandeza. Eu mesmo vivo isso com frequência quando canto *"Era um garoto que como eu amava os Beatles e os Rolling Stones"*. Algumas vezes, é uma música dramática sobre um jovem sonhador atropelado pela realidade sangrenta da guerra; mas quase sempre é só uma canção que eu ouvia quando criança e me despertou a vontade de tocar violão. Algumas vezes o refrão *ratá-tatatá* é uma rajada de metralhadora, na maior parte do tempo são só sílabas boas de cantar.

Duas formas expressando o mesmo conteúdo. Acontece. É natural que seja assim. Não dá pra ficar ligado o tempo inteiro. Períodos de entorpecimento emocional servem para nos deixar mais espertos e sensíveis noutras horas.

(*)

Forma e conteúdo também estão em planetas muito distantes um do outro quando times de futebol gritam o Pai Nosso antes dos jogos ou depois das vitórias, né? Num tom de voz guerreiro, em ritmo marcial, eles não parecem estar pedindo humildemente que sejam perdoadas suas ofensas e que venha a eles o reino dos céus: parecem estar ordenando isso! Deus deve morrer de rir quando ouve (sim, acredito em um Deus com senso de humor).

Falando em morrer (de rir), me finei assistindo a um programa humorístico americano noite dessas. Com aquele tipo de humor que, por contraditório que pareça, revela coisas sutis levando tudo ao exagero, criaram um quadro onde dois *rappers* (da vertente ostentatória – aqueles superorgulhosos de suas armas, carros, mulheres e correntes de ouro) apresentavam um programa de moda. Hilário!

Com a característica postura valente e violenta, os personagens falavam das novidades das passarelas, dos lançamentos das grandes grifes e das últimas fofocas envolvendo os grandes estilistas. O quadro acabava com um deles mostrando sua bolsa nova comprada a preço de ouro em Paris. Segurava o mimo com uma cara indescritível que misturava violência e afetação; as mãos fazendo o típico gesto em que três dedos simulam uma arma. Bela sacada sobre o abismo entre o que é dito e a forma de dizer.

(*)

Independente do meio, virtual ou real, e da coerência entre forma e conteúdo, um diálogo é sempre construído por duas partes, a que emite e a que recebe. Bonito, né? Mas tem seus riscos. Muita coisa pode se perder no pequeno trajeto entre a boca de um e o ouvido do outro, na fração de segundo em que a mensagem atravessa o cabo de fibra ótica.

Será que, lendo este texto, cariocas acharão que os chamei de desbocados e gaúchos acharão que (n)os chamei de quadrados? Será que o grupo de samba achará que não gostei da versão do U2? Não era a intenção, porra! Ops! Escapou o palavrão.

INSULAR

LETRA E MÚSICA:
HUMBERTO GESSINGER, 2013

insular
quem vem lá
unindo os pontos
erguendo pontes

singular
se não há
um plural
outro igual

procurar
o tom, o par
o som, a pausa

1 2 3
4 5 6
EU TU ELE
NÓS VÓS ELES

que o tempo nos ensine
que a gente aprenda a lição
anciões, anciães, anciãos
há três plurais para ancião

que o tempo nos ensine
que a gente aprenda a lição
cantada em muitos refrões:
podem ser refrães ou refrãos

entre tantos
sem nenhum
qual a solidão mais legal?
são tantas...
mas solidão não tem plural

solidãos, solidões, solidães
tudo igual
solidão não tem plural

tudo não tem,
mas deveria ter plural:
"tudos"
com um S no final

não existe um tudo
só de tudo um pouco
poucos lances
não tem plural

há o meu tudo
o teu tudo há
os nossos tudos
é tudo que há

qual o problema?
quer que eu comece com quais?
a gente é um só
problemas serão
sempre plurais

MILONGA ORIENTAO

LETRA: HUMBERTO GESSINGER, 2013
MÚSICA: BEBETO ALVES

só depois de muito chão
de galho em galho
de grão em grão
degrau retalho
quando larguei de mão
qualquer atalho
só então
cheguei aqui e descobri
que sempre estive aqui

só depois de muito mais
que o necessário
o silêncio faz o necessário
depois de muito som
de luz e sombra
só então eu descobri
que sempre estive aqui

veja como são as coisas, companheiro
hoje canto essa milonga oriental
veja como são as coisas, companheiro
na esquina onde os ventos mudam a direção

IGUAL, MAS DIFERENTE

Num desses camarins da vida, Borghettinho me mostrou, orgulhoso, a capa que havia comprado para seu iPhone: um encaixe metálico do qual deslizava um abridor de garrafas. O grande gaiteiro não poupou elogios ao artefato, expondo qualidades que, até então, eu ignorava que um abridor pudesse e devesse ter (firmeza, empunhadura, resistência...). Eu pensava que um abridor de garrafas simplesmente funcionava ou não.

Numa dessas salas de embarque da vida, um amigo empresário me mostrou, orgulhoso, a capinha que havia comprado para seu iPhone: um encaixe metálico que, na verdade, é uma segunda bateria. O dinâmico executivo não poupou elogios ao artefato que o libertou da neura de ficar sempre de olho na tomada mais próxima.

O *smartphone* da maçã mordida transformou-se rapidamente de símbolo de *status* em *standard* da indústria. O padrão, um *best-seller*. É o preferido de quem tem (ou acha que tem) grana. Conquistou esta moral por méritos próprios; objetivos e subjetivos. Física e espiritualmente se assemelha muito ao monolito do filme *2001 – Uma Odisséia no Espaço*. Uma negra folha em branco.

Mas não é sobre o mercado de eletrônicos nem sobre o clássico de Stanley Kubrick que quero falar. Estou interessado na capinha – a periferia que, por vezes, está no centro; o acessório que passa a ser o principal.

Quanto mais a grande indústria avança para homogeneização (o mesmo produto para todos), mais espaço se abre para a customização (um produto diferente para cada um). Ok, geralmente é ilusória esta personalização, mas a vontade de atingi-la é sempre muito real.

Pertencimento e individualização são duas pernas que nos fazem andar, dois trilhos do trem seguindo paralelos, juntos, mas separados. Queremos fazer parte de um grupo e queremos nos diferenciar dentro deste grupo. Precisamos que a nossa janela (igual a tantas janelas da mesma fachada) seja única.

Questão simples quando se trata de coisas prosaicas, como colocar uma roda diferente no carro, pintar uma casa pré-fabricada (dessa e não daquela cor), cortar o cabelo (dessa e não daquela forma), usar uma camisa de uma (e não de outra) banda...

A questão é mais complexa quando se trata de criar, pois criar não é só escolher. Eu pensava nisso enquanto colava mais um adesivo no meu violão (para que, dentre inúmeros outros violões da mesma marca e modelo, aquele seja só meu).

QUANDO A PROXIMIDADE AFASTA

No tempo em que se falava de política com receio e olhando pros lados, uma piada de humor negro dizia que "a esquerda brasileira só se une na prisão". E era verdade. Quanto mais aparentemente próximos nas ideias, maior a dificuldade de união na vida real. A regra era subdivisão em correntes, facções e subgrupos. Pra ficar num exemplo folclórico: era quase impossível ver o Partido Comunista Brasileiro e o Partido Comunista do Brasil juntos.

Água e azeite, tão próximos e tão distantes.

Já vi religiosos de crenças bem parecidas (originadas no mesmo cristianismo) discutindo com uma veemência que não usariam em discussões com agnósticos ou seguidores de outras tradições.

Tenho mais dificuldade em acompanhar programas da TV de Portugal e da Espanha do que os falados em inglês. Talvez porque a proximidade daquelas línguas com o idioma que falo me faça baixar a guarda e, com a guarda baixa, levo uns socos gramaticais.

Muita gente me pergunta sobre a dificuldade de tocar tantos instrumentos no show (teclado e percussão com os pés, violão, viola, piano, gaita de boca e de fole). Minha resposta parece deixar o pessoal confuso: na real, o que mais me atrapalha é que nos três teclados que uso (piano, *synth* e acordeon) as teclas têm tamanhos diferentes.

Sim, alguns milímetros de diferença nas teclas embaralham minha memória muscular e incomodam mais do que saltar de instrumento de corda para instrumento de sopro para percussão para teclado.

Às vezes, é mesmo mais difícil mudar pequenos detalhes e vencer pequenas distâncias do que fazer gestos grandiloquentes e dar grandes saltos, né? Mais fácil mudar de profissão do que mudar o modo de encarar a profissão. Mais fácil ir morar em outro continente do que ir dormir no quarto ao lado.

O passado próximo geralmente é mais distante que o remoto. Os excessos da moda de quinze anos atrás viram tendência. Dos excessos da moda do ano passado, todos querem distância.

(*)

Narcisismo das pequenas diferenças é um conceito usado por Freud. Se entendi bem, refere-se a situações em que o pouco que há de diferente (entre duas pessoas, duas cidades, países) se sobrepõe ao muito que há em comum.

Ouvi a expressão em dois momentos bem distintos: numa palestra sobre a II Guerra Mundial (que abordava a rivalidade entre nações vizinhas, culturalmente próximas) e num papo com um amigo que achava seus primos chatos e suas primas pouco atraentes (ah, a distância entre parentes próximos!).

Narciso é aquele que (segundo Caetano Veloso na letra de *Sampa*) acha feio o que não é espelho. Freud, como todo grande poeta, sempre dá pano pra manga. Seja na sala de aula ou na mesa do bar.

Tentando descobrir mais sobre o tal *narcisismo das pequenas diferenças*, dei um *search* no amansa-burro digital e tropecei numa parábola de Schopenhauer:

Em um gelado dia de inverno, os membros da sociedade de porcos-espinhos se juntaram para obter calor e não morrer de frio. Mas logo sentiram os espinhos dos outros e tiveram de tomar distância.

Quando a necessidade de aquecerem-se os fez voltarem a juntar-se, se repetiu aquele segundo mal, e assim se viram levados e trazidos entre ambas as desgraças, até que encontraram um distanciamento moderado que lhes permitia passar o melhor possível.

QUANDO A DISTÂNCIA APROXIMA

Perda de tempo tentar andar em linha reta. São abstrações, não existem na natureza linhas retas, círculos perfeitos e triângulos equiláteros. Tudo é aproximado, negociação entre querer e poder.

É no zigue-zague da agulha fazendo a linha unir dois panos que se caminha. Até que um dia soe perfeitamente natural quando alguém disser que a distância aproxima.

Semana passada, num posto de beira de estrada, nas andanças entre shows, depois de muito tempo, voltei a comprar um disco do Gaúcho da Fronteira. Em meio às curvas e corcoveadas do ônibus pelo pampa, já na primeira faixa, fui transportado ao Rio de Janeiro em 1991, a um apartamento na lagoa, ao estranhamento que causavam bombachas numa banda de BRock naquele início de década.

Foi a distância que me aproximou desta vertente mais popular da música tradicionalista (Teixeirinha, Gildo de Freitas, Gaúcho da Fronteira). Se eu não estivesse morando no Rio, no início dos anos 90, não teria gravado uma canção gaudéria no *Várias Variáveis*. Fico feliz que a distância tenha trazido perspectiva ao meu olhar. A mistura de ambientes me ensinou muito.

(*)

Sempre me interessei pelo contrabaixo, sua história, seus ícones, a técnica... Esforço-me para honrar suas, por vezes, contraditórias tradições. Adaptei-o a minhas necessidades, limitações e desejos.

Fiquei quatro anos sem tocá-lo, na estrada com o Pouca Vogal. Nesse projeto, eu passeava pelas baixas frequências com um teclado tocado com os pés, versão moderna dos pedais dos órgãos de igreja de séculos passados.

Agora, voltei ao baixo elétrico num *power trio* e me surpreendi: sem falsa modéstia, estou tocando melhor do que antes. Apesar do hiato. A limitação das dozes notas da pedaleira (só uma oitava, ainda por cima, tocada com os pés enquanto as mãos e a boca se ocupavam de outros sons!) me ensinou muito sobre o baixo e sua função. Mais uma vez, a distância aproximou.

(*)

Às vezes, a gente se sente como uma pluma ao vento. Depois de alguns voos divertidos, a subordinação aos caprichos das correntes de ar pode ser um saco! Quando o vento parece estar nos levando na direção contrária aos nossos desejos, é bom lembrar que a distância pode aproximar.

SEIS SENTIDOS NA MESMA DIREÇÃO

Reza a lenda corrente nos estúdios porto-alegrenses que um grande músico nativista de tempos idos teria dito "depois que inventaram este tal de arranjo, acabaram com as minhas músicas".

Meu tio Antoninho – com a sabedoria de quem observou a vida por décadas através do balcão de uma banca no abrigo de bondes da Praça XV onde vendia, entre outras coisas, fumo de rolo e pedras para isqueiro – um dia me disse: "O que está estragando o mundo é esse tal de evento".

Dá pra sacar que nem o compositor gaudério nem meu tio estavam familiarizados com as palavras "arranjo" e "evento". Termos que, de repente, começaram a ouvir com frequência. Toda canção tem um arranjo, elaborado ou não (da nona de Beethoven executada nas salas de concerto ao *Parabéns a Você* dos aniversários). Quanto aos eventos, eles acontecem desde que o mundo é mundo, a criação do universo foi o primeiro. O que as palavras "arranjo" e "evento" significavam para os dois? Talvez a pergunta correta seja: o que a popularização destas palavras significa?

Mesmo sem a compreensão literal dos termos, por linhas tortas, ambos fizeram um diagnóstico certeiro – atiraram na igreja e acertaram no padre. Nas suas reclamações vislumbraram um mundo em que o acessório estava se tornando o principal. Arranjos na frente das composições, produtores na frente dos músicos, fama precedendo feitos, igrejas na frente da religião, a carroça na frente dos bois. A espetacularização do que é banal, a banalização do que deveria ser especial.

Baita intuição!

(*)

É impressão minha ou está, de fato, rareando o uso da intuição? Será esta impressão uma intuição equivocada? Começo a desconfiar que a abundância de dados que temos à disposição nos acostumou mal. Ficamos mimados. Atrofiamos o sexto sentido. Fico pensando como os médicos diagnosticavam e curavam quando não dispunham dos modernos exames de imagem. Como sabíamos do que gostávamos antes das listas de 10+? Como sabíamos o que odiávamos antes das redes sociais?

Se a necessidade é a mãe da invenção, talvez a escassez de informação ordenada, racional, seja a mãe da intuição. O faro se aguça. Do pouco, tiramos o máximo. Altos teores de concentração, mas uma atenção inconsciente, se tal é possível. A tensão relaxada de um ninja. Sentir com inteligência, pensar com emoção.

Alguns cientistas políticos dizem que o espectro político (da esquerda à direita) tem a forma de uma ferradura: um objeto em que os extremos estão mais próximos entre si do que do centro. Interessante... talvez a imagem da ferradura também se aplique ao excesso e à escassez de informação, talvez, se assemelhem, e nos obriguem a, mais do que saber, intuir. Ler nas entrelinhas.

ARRAZOADO

A "razão" é só uma das cartas na mão. Pode até ser o ás de espadas; mas o coringa certamente ela não é! Ah, não é mesmo! Ok, ok, mesmo que fosse, ainda assim seria só mais uma carta no baralho.

Em qualquer papo, o último a abandonar a racionalidade sai por cima, com a razão. Mesmo que esteja blefando. E tô pra te dizer que é o que sempre acontece. Blefe. O último a abandonar a razão também abandona a razão. Dããã!

Todos abandonam. Cedo ou tarde a racionalidade nos deixa na mão. É tudo um jogo. O rei, a dama, o coringa, é só papel. Origami. Tigres de papel.

É uma estrada, a razão (uma das estradas). Ela começa toda bacana, asfalto lisinho, uma *Autobahn*. Aí vão pintando buracos e quando a gente se dá conta, tá atolado no barro. E se seguir, vai acabar abrindo picada com facão na selva fechada. Mais pra frente, até o facão dança, só sobra a selva. Fechada. A estrada foi pro saco.

A razão só vai até ali. Alguns quilômetros, as primeiras páginas. Toda frase corre o risco de acabar em dogma. Quer dizer, para uns tudo já começa em dogma. Já não sei quem tem razão, quem começa ou quem acaba no dogma. Ops, eu falei "tem razão"? Bah, me entreguei!

Foi mal. Tava pensando alto, falando sozinho.

(*)

Esta aprendi num filme do Wim Wenders: falar sozinho, mais do que falar, é ouvir.

SEIS VARIAÇÕES SOBRE O MESMO TEMA

Num intervalo de poucos dias recebi dois convites para escrever orelhas de livros. Um dado irônico: o número de leitores da orelha tende a ser maior do que o número de leitores do livro. Pela lógica, haverá mais pessoas que lerão a orelha, mas não lerão o livro do que o contrário. Pra aumentar a ironia: se a orelha for mal escrita, desestimulando a leitura do livro, maior será (a seu favor) a desproporção entre o número de leitores deste e daquela.

Demos (abreviação gringa de *"demonstration tape"*) são gravações que a gente faz para registrar ideias, sem toda a qualidade técnica de uma gravação "a valer". O irônico é que, quase sempre, no estúdio, com todas as condições necessárias, a gente perde um tempão tentando igualar a emoção da *demo*. E frequentemente não consegue.

Enquanto ouvia um executivo de gravadora chorar as pitangas pelo fim da indústria fonográfica (segundo ele, causado pela pirataria), eu observava, na parede atrás dele, os pôsteres dos mais festejados artistas do *cast*: um grupo cujo principal instrumento era o shortinho da dançarina e um padre. Nada contra sexo ou religião, só que... ah, vocês sacaram a ironia do destino, né?

Imperadores nunca se dão conta de que impérios caem por uma conjunção de causas externas e internas.

(*)

Esta sociedade do entretenimento que nos pariu e embala gosta-que-se--enrosca de inventar moda. Para atingir nossos sentidos já enfarados de tanto lero-lero, a novidade e o grotesco têm prioridade.

Ironicamente, o que um artista tem a dizer sobre política, o que um político tem a dizer sobre esporte, o que um atleta tem a dizer sobre religião, o que um teólogo tem a dizer sobre arte parecem interessar mais do que o que cada um tem a dizer sobre seu próprio ramo.

Pelo menos é o que acha quem tá de olho na audiência. E com i$$o a $ociedade que no$ pariu e embala não brinca: $ão $empre cara$ do ramo que contam o$ ponto$ e fazem a$ conta$.

(*)

"Ironias do destino" é uma expressão que parece humanizar o imponderável. Pessoalizando, tira um pouco da truculência que as reviravoltas podem ter. Imagino o Sr. Destino (hey, não é um nome absurdo, parece Justino, Severino, Firmino, Celestino...) com um senso de humor afetado, escondendo com a mão o sorriso de uma boca sem lábios sob um bigode atemporal e bem aparado – um bigode mais francês do que gaúcho.

(*)

Tenho certa intimidade com elas, uma vida em comum. Acho que não ficarão melindradas se eu fizer uma confidência. Estou falando das palavras e do fato, cada vez mais frequente, de serem insuficientes para expressar algumas – ahn... qual seria a palavra? – coisas, sentimentos.

Fiquem tranquilas, minhas amigas palavras, esta deficiência não as fere de morte. Pelo contrário: a tentativa vã do ser humano de juntá-las (em prosa, poesia, canções, discursos, relatórios, etc.) para explicar o inexplicável, tentando exprimir sentimentos que não entendemos, tem gerado obras de beleza – ahn... qual seria a palavra? – inexplicável.

Datas cívicas e personalidades políticas se repetem no nome de grandes avenidas em várias cidades (7 de setembro, Getúlio Vargas, Castelo Branco...). O que realmente interessa não ganha estátua, não vira nome de rua. Avenida Paz de Espírito existe? Nem tudo tem que estar na cara, decifrado, né? Há muita vida além dos *outdoors*. Silenciosas estátuas na avenida anonimato

Palavras e monumentos não dão conta de tudo. Que ironia dizer isso com... ahn... palavras.

(QUAL É A) SUA GRAÇA?

LETRA E MÚSICA:
HUMBERTO GESSINGER, 2012

um santo com meu nome
já andou por esse chão
ele não deixou pegadas
estradas também não

fico imaginando
o que levou à redenção
o santo com meu nome
que andou por esse chão

envelopes com meu nome
já cruzaram oceanos
se perderam no caminho
navegaram outros planos

fico imaginando
se rasgaram o papel
se trocaram o meu nome
Ninguém Escreve ao Coronel

a rua com meu nome
é avenida anonimato
aquele um, aquele outro
não tem cão, caça com gato

um *fake* com meu nome
um clone delirante
mal sabe o coitado
que um só já é o bastante

só você sabe quem eu sou
só você sabe como é

VENTO QUE VENTA LÁ (TAMBÉM VENTA AQUI)

LETRA: HUMBERTO GESSINGER, 2012
MÚSICA: DUCA LEINDECKER

o que é sagrado lá
vira bife aqui
lá é um ritual
é ilegal aqui

o sul pra quem tá lá
parece norte aqui
aqui é natural
lá pode ser fatal

somos os mesmos – aqui e lá
feitos da mesma substância
somos os mesmos – aqui e lá (lá e cá)
frutos das nossas circunstâncias

vento que venta lá
também venta aqui
na tribo de Alá
na tribo que não crê

se o asteroide cair
não tem pr'aonde fugir
vento que venta lá
também venta aqui

somos os mesmos – aqui e lá
feitos da mesma substância
somos os mesmos – aqui e lá (lá e cá)
presos na mesma distância

este acorde é lá (menor)
a canção acaba aqui

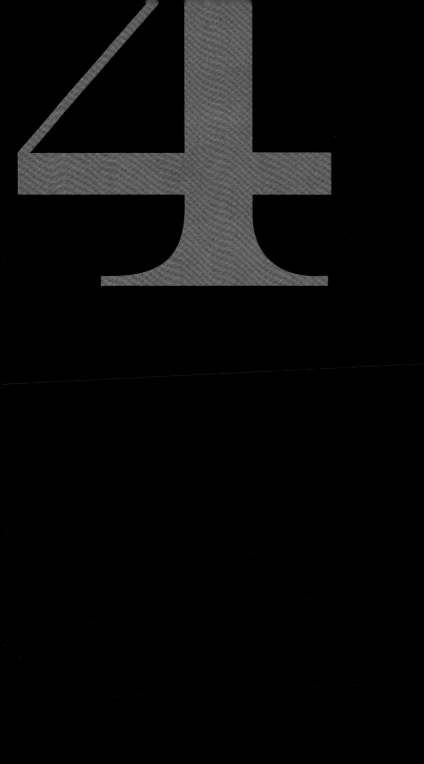

FRUTOS DO MAR

Estas serão páginas violentas. E tristes. Já aviso de saída para que leitores com coração fraco busquem outras leituras: *sites* de notícias, por exemplo. Eu sei, eu sei, a vida está cheia de coisas violentas e tristes, mas fiquem tranquilos, os *sites* de notícias tratam de escondê-las sob grossas camadas de irrelevâncias, *nonsense* e exageros caricaturais. Celebesteiras e celebobagens no ar.

Ok, vamos (voltemos) ao triste texto. Que começa alegre.

"É dito corrente que avós são pais com açúcar. Tios são quase isso: irmãos mais velhos com açúcar. É sempre divertida a relação com crianças, ainda mais sem a responsabilidade da paternidade.

Tive dois sobrinhos antes de ser pai. A chegada do primeiro foi uma boa desculpa para voltar a comprar brinquedos e comer algodão doce – ah, guloseimas no parque e brinquedos de plástico! Coisas que a gente só lembra que não acha tão boas depois de comprar.

Houve um natal em que resolvi presentear meu sobrinho com um aquário. Contato com a natureza, senso de responsabilidade no cuidado dos peixes e prazer estético ao vê-los, coloridos, flutuar: tudo isso cabe naquela caixa de vidro cheia de água. Para um tio *neo-hippie*, parecia um presente bem mais interessante do que os carrinhos, arminhas e super-heróis de sempre.

Confesso que, na loja, me surpreendi com a complexidade do presente. Parecia tão simples... Alimentar os peixes e manter a água limpa, na temperatura certa, talvez fosse algo complexo demais para a criança. Era provável que os pais me amaldiçoassem cada vez que tivessem que executar as tarefas que, certamente, sobrariam para eles.

Mas os peixes eram lindos e as ruas estavam cheias de papais noéis. Espírito natalino no ar, noite feliz, tudo vai dar certo. Lá fui eu pra casa com aquário, pedrinhas, termostato, comida, não sei mais o quê e um saquinho com peixes de nome estranho que escolhi pela cor.

Um aquário não é coisa que se embrulhe em papel e coloque embaixo da árvore de natal. Depois de fazer meu pequeno oceano funcionar num canto discreto da sala, escondi-o sob um lençol e esperei (ansioso como criança) a meia-noite.

Após a entrega dos outros presentes, levei meu sobrinho ao canto onde o lençol cobria a forma geométrica do pequeno mar enjaulado. No trajeto, usei truques retóricos para aumentar a curiosidade do piá (que, a bem da verdade, tinha mais sono do que expectativa).

Com a criança parada em frente ao mistério, puxei o lençol com um gesto teatral – pompa e circunstância – parecendo um mágico de quinta categoria num circo fuleiro, e...

... PQP!!!! Rápido como um super-herói joguei o lençol de volta sobre o aquário, peguei meu sobrinho no colo, desviei sua atenção para outras coisas e levei-o para o canto oposto da sala dizendo: "Vamos brincar com aqueles brinquedos lá, são bem mais legais, aqui não tinha nada não, era só uma maluquice do tio".

Ainda muito pequeno para se ligar na incoerência dos meus gestos, ele sorriu e ficou entretido com os outros presentes enquanto eu voltava desolado para o aquário. Ao puxar o lençol senti novamente o calor que estragou minha noite por algumas noites: um defeito no termostato fez a água aquecer demais. Os peixes estavam mortos.

Meu sobrinho parecia não ter se dado conta de nada – mas nunca se sabe, crianças são esponjinhas, absorvem tudo... Nah, acho que não rolou trauma, não. Hoje ele já é adulto, que eu saiba, nunca teve chiliques em frente a vitrines de *petshop*, pratos de salmão grelhado ou quando a chaleira chia. Menos mal.

Eu... confesso que nunca mais senti o mesmo prazer olhando aquários."

SESSENTA TONELADAS DE UM MINUTO EM SUSPENSÃO

Perguntada sobre quais teriam sido os melhores anos de sua vida, uma grande dama do Ballet Bolshoi respondeu: "De 1935 a 1940". Confrontada com o fato de que estes foram justamente os anos mais violentos dos expurgos stalinistas, a veterana bailarina suspirou: "Ah, mas eu era jovem e bonita!".

Descompasso entre a vida pessoal e o ambiente social é algo comum. Sincronizar os relógios externo e interno é a finalidade de 98,7654321% dos livros de autoajuda, das dicas de gurus esotéricos e dos aforismos repetidos *ad nauseum* nas redes sociais.

Entrei nos anos 90 viajando muito, nas asas da minha arte/ofício. Nos rádios das vans e táxis que me levavam de hotéis a aeroportos, era onipresente uma canção que me irritava pela melodia melosa e pela letra medíocre (e por ser trilha sonora de um *blockbuster* meloso e medíocre estrelado por Tom Cruise). A azeitona no pastel da minha irritação era o fato de a música ser carregada por uma linha de baixo *fretless* sintetizado. *Dóóin do dóóin do dóóin...*

Hoje, minha agenda é um pouco mais tranquila. Nem tanto pela diminuição do número de viagens, que se mantém alto, mais pelas facilidades que foram pintando com o tempo. Há mais opções de voo, há um monte de canais na TV do hotel, um monte de traquitanas digitais para desviar meus olhos e coração do imóvel painel eletrônico que avisa quão atrasado meu voo está.

Recentemente, num táxi para algum aeroporto, depois de muito tempo fui alvejado novamente pela melodia do baixo *synth*: *dóóóin do dóóóin do dóóóin... take my breath awaaaaaaaay*. Surpreendentemente, a música causou em mim efeitos geralmente reservados aos meus artistas favoritos. Eu sabia que não gostava dela, mas estava adorando ouvi-la.

Quem teria mudado, eu ou a música? Ou aquilo já não era mais uma música, transformara-se em um portal para outro tempo? É provável. A sensação era parecida com a vertigem de uma decolagem muito rápida em que estímulos físicos (súbita mudança de altitude) se misturam com estímulos psicológicos (partir, chegar – súbita mudança de atitude).

(*)

Pela dificuldade de classificação, o ornitorrinco (animal considerado a prova de que Deus tem senso de humor) é uma metáfora tão gasta quanto eficiente para misturas mal-ajambradas; mix de alhos com bugalhos.

Na idealização do passado, os saudosistas criam desengonçados ornitorrincos: o cara é a favor de um mundo sem fronteiras, mas sente saudade do tempo em que as nações eram mais fechadas; é a favor de um mundo menos desigual, mas sente saudade de um tempo com menor mobilidade social; é fã do vinil desde que a bolachona preta possa se materializar em sua casa vindo pelo cabo da www.

Belchior cantou que o passado é uma roupa que não nos serve mais. Pode ser. Também pode ser um tecido cortado, costurado, recortado, recosturado, infinitamente... Em permanente construção. Tão incerto quanto o futuro.

O VOO DO BESOURO

Desde 1985, aviões fazem parte da minha vida. Gosto de ver as nuvens de cima e as cidades lá embaixo, mas não sou daqueles que acham voar uma experiência transcendental (se eu tivesse asas, acharia – ou talvez, assim como os pássaros, achasse a coisa mais normal).

Tampouco sou dos que sentem medo. Uma questão estética me tranquiliza em relação aos aviões: poucos objetos tiveram seu *design* tão pouco alterado quanto eles através dos anos. Afinal, não há frescura *fashion week* que resista a 800 km/h numa altitude de 36.000 pés.

No voo da semana passada, só me dei conta de que estava assistindo a uma matéria sobre desastre aéreo na TV a bordo quando o cara da poltrona ao lado deu sinais de que não era o programa certo para assistir a 11.000 metros do chão.

Faço minha prece e tento, pelo tempo que dura o voo, não pensar nas coisas que não estão sob meu controle. Para mim, é só um meio de transporte. Sem o qual minha carreira não teria decolado (com o perdão do trocadilho).

E, pelo que lembro de mim antes de decolar, eu não gostava de viajar! Por isso creio num Deus com senso de humor. Quer contar uma piada para ele? Faça um plano.

(*)

São frequentes os vídeos sobre surfe e praias paradisíacas nos voos. Para desestressar executivos, imagino. Desconfio que seja só uma desculpa para filmarem meninas bonitas de costas, da cintura para baixo. Para desestressar executivos.

Quando rola algum comunicado da cabine, a exibição dos vídeos é interrompida – a imagem congela – para que todos prestem atenção. Numa ponte aérea, na hora do *rush*, num voo cheio de ternos e gravatas e *laptops* com planilhas descritivas, o vídeo congelou na imagem de uma linda menina, de biquíni, de costas, da cintura para baixo. Isso mesmo, uma bunda nos mais de 100 monitores de vídeo do avião. E todos mantivemos aquela cara *blasé*.

(*)

Havia poucos passageiros no voo que nos levou de Copenhague a Moscou (misterioso avião que rasgou a cortina de ferro no inverno de 89 – rota muito pouco usada na época, ainda Guerra Fria). Só estavam a bordo os Engenheiros do Hawaii e a seleção feminina de futebol da Dinamarca.

Nós e duas dúzias de loiras que pareciam ter saído de um tutorial do *Photoshop*. Com uma cerveja numa mão e um cigarro na outra (sim, ainda era permitido fumar nos voos), Alexandre Master, nosso técnico de som, repetia: "Tô nas nuvens!". E ria mais do que pareceria razoável para quem não estivesse nas nuvens.

(*)

Ver gente nos aeroportos carregando seus travesseiros é cada vez mais raro e cada vez mais me espanta. Não quero me meter nos hábitos noturnos de ninguém, cada um com sua dependência (até sou fã do Linus, da turma do Charlie Brown, eternamente agarrado ao seu cobertor). Mas carregar travesseiros sem proteção, com a fronha exposta, por aeroportos, aviões, táxis e *lobbies* de hotel, além de anti-higiênico, me parece uma exposição muito grande de fragilidade. Pouca coisa é tão íntima quanto o suporte da nossa cabeça enquanto dormimos.

Na última vez que presenciei tal exposição de delicadeza, quem protagonizava a cena era um adolescente com boné de aba reta, tênis de esqueitista desamarrado e calça com cintura baixa expondo a cueca. A meiga dependência do travesseirinho não combinava com o *rap* que vazava de seus fones de ouvido nem com a linguagem corporal um tanto insensível do menino. Lembrei do título de um filme: os brutos também amam.

Tese: pessoas em férias e a trabalho não deveriam compartilhar o mesmo voo. Um desses grupos é muito mais estressado do que o outro. Refiro-me às pessoas em férias, é claro. Na ânsia de aproveitar tudo do primeiro minuto à última gota, são capazes de enfartar se não sentarem na janela, se o refrigerante não estiver na temperatura exata, se a aeromoça não for a Scarlet Johansson e se o avião não parar no *finger*.

(*)

Barcos são mais usados em metáforas do que aviões, né? São mais famili-ares mesmo para quem navega menos do que voa. Nossa melancólica raça cruza os mares há mais tempo do que os ares. Do bote salva-vidas ao Titanic, passando pela Arca de Noé, imagens marítimas são frequentemente utilizadas para simbolizar a trajetória ou o estado de um ser humano ou de toda uma civilização. *Estamos no mesmo barco... remem na galés... nau à deriva... foi a pique...*

Mas há algo que a experiência aeronáutica deixa mais claro do que a náutica: a convivência, dentro de cada um de nós, das ideias mais modernas e do primitivismo das cavernas. Nós, que inventamos a maravilha que pesa toneladas mas voa, somos os mesmos que mesquinhamente furamos a fila do *check in*, colamos o chiclete mascado sob o acento (que em caso de pouso na água será usado como uma boia fedendo a *tutti-fruti*) e reclamamos grosseiramente das aeromoças porque achamos que, ao comprar uma passagem, também compramos um time de escravos.

Gosto de ver como o grande pássaro de metal humaniza os seres mesquinhos e arrogantes que somos, sentados em seu interior, entediados, com um copo de suco numa mão e um relógio que parece parado na outra. É só balançar um pouco, passando por uma zona de turbulência, para nos vermos frágeis como realmente somos, colocarmos o rabo entre as pernas e suavizarmos o olhar.

O efeito, às vezes, é duradouro: até somos capazes de ajudar alguma pessoa idosa a retirar as bagagens da esteira. Num mundo ideal, esta humanização seria permanente. Até resistiria à batalha pelo táxi na saída do aeroporto.

A GEOGRAFIA DE KANT, O SONO DE NAPOLEÃO E O UMBIGO DA SHAKIRA

Immanuel Kant nunca saiu de sua cidade natal. Estamos falando do século XVIII, época em que a informação não circulava como hoje, era necessário ir atrás dela. E falando de um dos mais importantes filósofos da era moderna.

Dá o que pensar... Se ele tivesse conhecido mais do mundo, seu pensamento ganharia abrangência? Impossível saber. Talvez perdesse profundidade. Ônus e bônus, irmãos siameses, inseparáveis.

Há algum tempo, ouvi um médico num programa de rádio. Ele enfatizava a importância de uma quantidade mínima de sono por dia (sete ou oito horas, já não lembro). O apresentador do programa, orgulhoso de dormir pouco, contra-argumentou que Napoleão fez tudo que fez dormindo só quatro ou cinco horas (também não lembro). Sem se abalar, o especialista respondeu que, se dormisse mais, Bonaparte teria feito ainda mais.

Será? Impossível saber. Talvez fizesse poemas em vez de guerras. Ônus e bônus, mais uma vez esta duplinha vêm nos lembrar que a moeda tem dois lados.

Houve uma forma de se pensar a história em que os dados biográficos das grandes figuras acrescentavam um sutil tempero a seus feitos (a vida regrada e monótona de Kant, o sono de Napoleão). Hoje, a sutileza dançou. Parece que a vida pessoal vem na frente e acima da obra, né?

Só conheço dois refrões da Madonna, mas sei dos seus namoros, das suas manias, da sua família, até onde mora... já vi muito mais vezes o umbigo da Shakira do que o meu próprio. A vida pessoal acima e na frente da obra. Celebobagens.

A música, no mundo pop, parece ser só um detalhe de uma experiência que se quer total e avassaladora e que inclui filme, livro, roupas, perfume, carros, telefones, *games* e.... refrigerantes.

É claro que este sangue-suor-e-lágrimas "de verdade" quase sempre é "de mentira". Mas isso é só um detalhe. Mais um de infinitos detalhes num mundo onde não há o principal.

BORA

LETRA E MÚSICA:
HUMBERTO GESSINGER, 2012

o que era permanente – transcendente – de repente eu esqueci
o que diz a teu respeito aquela camiseta do AC/DC?
o que quer dizer o hino, a moeda,
a fronteira, a bandeira hasteada a meio pau?
era permanente – transcendente – de repente foi pro escambau

bora! chegou a hora à luz da aurora boreal
bora! há uma ponte pro horizonte no teu quintal
bora! chega de choro, chegou a hora; então, que tal?

o que estava escrito em pedra – mesma merda, lesma lerda – dissolveu
o farelo – as migalhas – com o tempo o vento espalha;
isso não me cheira bem
o tempo vai passando – o passado vai pesando
o futuro ninguém sabe, ninguém vê
vai abrir uma janela de oportunidade esteja pronto de verdade pra saltar

bora! chegou a hora à luz da aurora boreal
bora! há uma a ponte pro horizonte no teu quintal
bora! chega de choro, chegou a hora; então, que tal?

A PONTE PARA O DIA

LETRA: HUMBERTO GESSINGER, 2012
MÚSICA: BEBETO ALVES

um travesseiro com teu cheiro
seria a ponte para o dia
seria noite a vida inteira
se não houvesse travessia

preciso atravessar
a nuvem de metal
que pesa na minha cabeça

uma palavra incompreensível
seria a ponte para o dia
seria noite a vida inteira
não fosse tua caligrafia

preciso atravessar
o caos que há no ar
e pesa na minha cabeça

o GPS enlouquece
a gente esquece aonde ia
a mil por um milhão de ruas
cadê o portal pra travessia?

partir, romper, cruzar
preciso atravessar
24 léguas de um dia que não vem
60 toneladas de um minuto em suspensão

atravessar – a travessia
atravessar – a travessia
atravessar – a travessia

partir, romper, cruzar
preciso atravessar...

atravessar – a travessia
atravessar – a travessia
atravessar – a travessia

partir, romper, cruzar
preciso atravessar
a ponte para o dia

ESSAS VIDAS DA GENTE

LETRA: HUMBERTO GESSINGER, 2012
MÚSICA: BEBETO ALVES

prenda minha
são tantas e tão diferentes
essas vidas da gente
centenas sem igual

prenda minha
tantas mas insuficientes
essas vidas da gente
centelhas pelo ar

não há quem segure
a fagulha se espalha
que seja eterno
esse fogo de palha

sem pressa e pra sempre
bocas e braços
distantes diamantes
beijos e abraços
prenda minha
foi bom te encontrar

sem pressa e pra sempre
bocas e braços
distantes diamantes
beijos e abraços
joia rara
foi bom te encontrar

sem pressa – pra sempre
sem pressa – pra sempre
sem pressa – pra sempre
prenda minha
foi bom te encontrar

5

A
HORA
DO
MERGULHO

Tem acontecido com frequência. Esquecer de desligar a chaleira até que a água evapore e um cheiro de queimado me faça cair na real. Procurar por toda a cozinha o pacote de chá que estava o tempo todo no meu bolso. Procurar a chave pela casa inteira e descobrir que ela estava no lado de fora da fechadura. Procurar muito os óculos que estavam suspensos na própria testa. Colocar creme de barbear na escova de dentes. Abrir o micro--ondas para esquentar uma xícara de leite e descobrir que já havia uma quente lá dentro. Entrar no elevador, esquecer de escolher o andar e ficar esperando, esperando... Sim, estas coisas têm acontecido. Acompanhadas por períodos de silêncio maiores do que o habitual.

No popular: ando com a cabeça na lua. Neste caso, a lua é um objeto bem definido, um objetivo que hoje comecei a realizar na prática. Primeiro dia no estúdio, início de gravações. Semeadura ou colheita? Difícil saber.

Baudelaire, Rimbaud, Verlaine... quem era mesmo que falava em chegar ao desconhecido através do "desregramento dos sentidos"? (Google: Rimbaud). Não chego a tanto, mas aceito e até cultivo um alheamento das banalidades do cotidiano quando estou nesses períodos.

Criar música para mim não é algo para se pensar em horário comercial, parando para almoço e lanche. Não se tira férias disso. É preciso flertar com a obsessão, perder algumas noites e fins de semana perseguindo a musa. Vale a pena. Demanda muita energia emocional e racional, mas vale muito a pena ficar acessível a todas as conexões entre letras, músicas, arranjos, capa... Mesmo que estas conexões passem despercebidas pela maioria das pessoas que desfrutam do resultado final. São só detalhes? Sim. Mas tudo é detalhe. Deus está nos detalhes.

O processo criativo drena a minha atenção, o que deixa este capricorniano muito mais feliz do que cansado. Todo o resto perde força quando a gente está concentrado em materializar algo que sonhou. Eu, pelo menos, sou assim com minha música. O sono, o jogo de tênis, o *coffe break,* tudo mais fica suspenso até que as ideias e emoções ligadas ao disco deem uma folga.

Já conversei a respeito com colegas que agem de maneira oposta: em vez de mergulhar (pra dentro, se tal é possível), abrem-se ao mundo exterior quando estão compondo e gravando. Gostam de ouvir várias opiniões e de se inteirar sobre o que está acontecendo por aí. Eu, nem pro pessoal lá de casa mostro o material antes de estar muito próximo de pronto.

São dois caminhos igualmente válidos, apesar de opostos. Talvez o deles seja melhor para quem quer evitar erros e o meu seja melhor para quem quer acertar – sem esquecer que, quando se fala de arte, é uma questão sempre indefinida o que seja erro e acerto.

No voo que nos trouxe de volta das gravações do *Simples de Coração,* enquanto todos rememoravam experiências de Los Angeles – jogos de beisebol, lojas, restaurantes, *table dancing...* – eu só conseguia lembrar de ter chorado escondido no estúdio vazio ao ouvir a primeira mixagem de *Hora do Mergulho.* Poderia ter gravado o disco em Marte e a lembrança seria a mesma.

PROFECIAS AUTOR-REALIZÁVEIS

Toda gravação envolve períodos de ociosidade, um monte de minutos no estúdio esperando ajustes no equipamento. Terreno fértil para o surgimento de excelentes piadistas, imitadores e contadores de causo entre músicos técnicos e produtores. Ótima maneira de superar a frustração da espera.

O melhor de todos estes comediantes informais que conheci foi Maluly, produtor do disco *Ouça o Que Eu Digo: Não Ouça Ninguém*. Ele chega ao requinte de nos fazer rir mesmo com piadas que já conhecemos. Uma prova irritante de quão bem ele sabe contá-las é que, depois de rir muito delas, eu conto para outras pessoas e as anedotas nunca surtem o mesmo efeito.

Se não consigo fazer as piadas do Maluly funcionarem oralmente, seria maior o fracasso se tentasse escrever aqui uma delas. Mesmo assim, vou contar uma. Não pelo riso, que provavelmente não provocarei; mais pela sacada que ela traz embutida. Já não era nova em 1988, quando gravamos o *Ouça o Que Eu Digo: Não Ouça Ninguém* (tempos anteriores ao telefone celular), mas aí vai:

"Um cara está dirigindo numa estrada deserta quando fura o pneu do carro. Abre o porta-malas e descobre que o estepe também está furado. Não passa nenhum carro na meia-hora em que ele já está ali. Resolve caminhar até uma luz, lá longe, que ele presume ser uma casa, na esperança de que haja um telefone. Praguejando contra a má sorte, ele se põe a andar.

Enquanto caminha, pinta quadros sombrios na imaginação: *e se não for uma casa? E se não tiver ninguém lá? E se o cara não tiver telefone? E se o cara tiver telefone, mas não me deixar usar? Putz, tô ferrado!*

Segue andando por um tempão com a cabeça sempre naquela mesma *vibe*, sempre esperando o pior. Chegando à casa, ao passar pelo portão, ainda pensa: *que saco, garanto que o cara vai reclamar que estou importunando! Que merda, se o cara não me deixar usar o telefone é um babaca!*

Toca a campainha ainda ruminando: *que humilhação ter que pedir favor a um babaca!*

Uma senhora idosa abre a porta com um sorriso bondoso e receptivo e... antes mesmo de dizer oi, ele dispara: *pega este telefone e enfia no @#, babaca !!!*

É uma bela definição de "profecia autorrealizável", né? Todas são um pouco assim: constroem o futuro que fingem prever.

SEM FILTRO

Pensando sobre a identidade visual do disco *Insular*, encasquetei com a ideia de fazer fotos com aquele astral do início do século passado: preto e branco, cena estática. Mas afinal, o que definiria esse astral? As roupas? As poses? A baixa qualidade das máquinas, da revelação e da impressão?

Tudo isso seria fácil de reproduzir. O que é impossível para nós, passageiros desse trem chamado *era da informação*, é reproduzir a falta de familiaridade que nossos antepassados sentiam frente à máquina fotográfica.

Havia sempre uma leve desconfiança no olhar, como se as lentes fossem miras de uma arma que aprisiona instantes. Esse astral se foi para nunca mais. Impossível simular reverência ao que nos é banal. Desisti da ideia retrô.

(*)

De tudo que meu ofício envolve, ser alvo de *flashes* para capas e entrevistas é o que menos me dá prazer. Problema meu, é claro. Sei da importância disso. Mas não é a minha onda.

Quando digo que não gosto de fotografar, algumas pessoas confundem e acham que não gosto de fazer fotos com fãs. Mas essas não me incomodam, de jeito nenhum. Mesmo quando interrompem minhas corridas no fim de tarde para eternizar meu rosto vermelho, suado e ofegante, pelas redes sociais: "ó eu aí e aquele carinha daquela banda".

(*)

Decerto já aconteceu com o leitor, com a leitora: ficar com o olhar parado num ponto fixo, sem nada de especial, no meio da parede, entre duas árvores, sobre um prédio... O ponto em si não vem ao caso, é o olhar perdido que interessa.

Tese: no exato momento, em vários lugares do mundo, há muitas pessoas na mesma situação. Se transformássemos esses milhares de perdidos olhares melancólicos em linhas retas, todas se encontrariam num cume, formando uma pirâmide com incontáveis lados. Tal não seria um olhar perdido, como chamam. Seriam olhares encontrados!

O olhar perdido salva qualquer foto. É uma bela expressão (facial e verbal). Fico imaginando o olhar rasgando mapas, esmagando bússolas, buscando a liberdade de se perder por aí. O olhar perdido ignora a câmera. Os melhores sons desconhecem microfones. Se os olhos são as janelas da alma, o olhar perdido pula a janela, mas deixa as cortinas fechadas, recria o mistério.

O contrário disso, olhar que estraga qualquer foto, é aquele de quem errou a câmera – quando várias pessoas estão fotografando – e ficara eternamente preso à lente errada.

(*)

Foto é uma conversa entre luz e volumes gravada por uma lente. Mas não é só isso.

No livro de Oscar Wilde, o retrato de Dorian Gray envelhecia enquanto o próprio permanecia jovem.

Eram os faraós que não se deixavam retratar por temer que a imagem lhes roubasse a alma, né? Ou eram os índios? Os maias, talvez? Não? Sei lá... Só sei que alguém tinha esse medo.

(*)

Conheci um fotógrafo muito fã do Queen. Incrivelmente, a admiração não tinha origem no som da banda, mas na personalidade do seu vocalista.

Ele havia fotografado o show dos caras no primeiro *Rock in Rio*. Numa das poses teatrais do Fred Mercury, todos os fotógrafos correram para clicar, mas ele vacilou e perdeu a chance. Com o canto dos olhos, Fred Mercury notou o vacilo, manteve a cena e fez um discreto sinal pra que ele armasse a câmera de novo.

"Puta profissional!", não cansava de repetir meu conhecido, "o bicho pegando no palco e ele, com sangue frio, esperando até que o último fotógrafo registrasse a cena".

Acho Queen bacana. Mas prefiro o som do que sua autoconsciência exacerbada.

Quanto melhor o fotógrafo, menos ele pede. Como árbitros de futebol: os melhores não são notados.

UM, DOIS, TESTE, TESTE...

Soundcheck é o teste do som feito antes do acesso do público ao local do show. Oportunidade de músicos e técnicos checarem equipamento e palco. Por influência de nossos hermanos do Prata, há quem chame – no sul – de "prova de som". Eu e minha geração falamos "passagem de som".

Há um dito corrente entre músicos afirmando jocosamente que "quando o equipamento é bom, não precisa passar som; quando é ruim, não adianta".

"Não precisa" e "não adianta" formam as margens de um abismo onde muita coisa cai e se perde. Há momentos em que a própria palavra mergulha nesse buraco negro.

Quando pintam assuntos palpitantes, rolam papos (sobretudo nas redes sociais, mas não por culpa delas) em que as opiniões ficam cada vez mais simplificadas, esquemáticas e rasteiras. Juntam-se num canto do ringue quem pensa assim e, no outro, quem pensa assado. No meio, um imenso vazio onde a palavra perde o que tem de mais legal, a possibilidade de criar pontes.

Fica a impressão de que entre torcedores da mesma ideia, a palavra é desnecessária e, entre torcedores de ideias diferentes, ela é inútil. E vai pro saco a chance de sacar e comentar sutilezas que resumem num ponto com alta densidade de significados o que parece se diluir no quadro geral. Oportunidade perdida, uma pena.

ZEITGEIST

Entrei tardiamente nas redes socias. Aquele tempo do Orkut, lembra? Pois eu não peguei aquela onda, nunca passei por ali.

Comecei acessando bate-papos de assuntos que me interessavam (coisas bem diferentes entre si e que ainda me interessam: violão clássico e raquetes de tênis) e notei que se repetia com constância absurda o mesmo comportamento: muito rapidamente uma discordância virava um estranhamento que descambava para ofensa.

E nem estou falando de campos polarizados como política e futebol, eram prosaicos *sites* de equipamento para fazer música e jogar tênis!

Muita pressa de ser visceral. Deve ser o "espírito do tempo", algo difícil de definir, mas fácil de sentir. Pessoas que se sentem compelidas a emitir juízos definitivos sobre os motivos e desdobramentos de tudo que acontece no exato momento em que acontece; parece fácil: basta um clique, o *laptop* está sempre pronto, aquecendo a barriga dos sofativistas.

(*)

Não sei se foi Vinícius de Moraes ou Humphrey Bogart quem disse "A humanidade está três uísques atrasada". Pode ser lenda urbana, talvez nenhum dos dois tenha dito que o mundo estava três doses abaixo. De qualquer forma, é uma perspicaz definição do espírito do tempo que já não vale para os nossos dias.

Agora, tudo parece estar alguns tons acima. É preciso uma quantidade absurda de adrenalina para fazer um coração bater (sem muita força), é preciso um som muito alto para que possamos ouvir (sem muita atenção), é preciso imagens muito berrantes com infinitos *pixels* para enxergarmos (um borrão).

Mas, afinal, de tudo que temos (aparentemente) ao nosso alcance, quanta dor podemos, de fato, sentir? Quanta alegria podemos gozar? Quanta solidariedade podemos oferecer? O que realmente nos toca além do calor da bateria do *laptop* na nossa barriga enquanto clicamos entediados no sofá?

É muito pouco e muito lento o que se pode fazer para mudar o espírio do tempo (Dãããã! Óbvio, né? Senão não seria o espírito do tempo). Sacar qual é o tal espírito já é um grande passo.

(*)

Mostre-me um cara que acredita que as coisas mudaram repentina e avassaladoramente e te mostro um cara que não soube ler os sinais.

TUDO ESTÁ PARADO

LETRA: HUMBERTO GESSINGER, 2011
MÚSICA: ROGÉRIO FLAUSINO

tudo está parado por aí
esperando uma palavra

os carros e o metrô
o tempo que não para
o beija-flor parou
sem bater as asas

o braço do pintor
o martelo do juiz
o disco voador
todos os satélites

tudo está parado por aí
esperando uma palavra

a onda, o surfista
o protetor de tela
o vento que ventava
batendo a janela

a pancadaria
no filme de ação
o solo de guitarra
antes do refrão

tudo está parado por aí
esperando uma palavra

fiz uma pergunta
no escuro deste quarto
tudo está parado
esperando por você

a noite que caía
o ciclo das marés
a fumaça que subia
pelas chaminés

tudo está parado por aí
tudo está parado por aí
tudo está parado diz aí
uma palavra

RECARGA

LETRA: HUMBERTO GESSINGER, 2012
MÚSICA: DUCA LEINDECKER

recarregar – reiniciar
reinventar – reabastecer

arriou a bateria
e o dia mal começou
virado num bagaço
o cansaço me pegou

trânsito parado
um trem sem humildade
cada um no seu vagão
queimando o carvão da vaidade

combustível na reserva
troco a erva do chimarrão
não tá morto quem peleia
game over ainda não

super slow motion – low battery
adeus *wi fi*
esta fila tá parada
e a outra fila vai que vai

alimento pra usina
em cada esquina: imaginação
o dia só tá começando
começando a reação

a gente vai peleando
não dá pra se entregar
o dia só tá começando
começando a melhorar

recarregar – reiniciar
reinventar – reabastecer

recarregar – reiniciar
reinventar – reabastecer

PHYSIQUE DU RÔLE

Em francês, a expressão *physique du rôle* indica uma aparência adequada para determinado papel (jeito de). Atores que tenham uma cara que revele o que os personagens pensam e fazem ajudam o filme? Não sei. Nunca se sabe. Atalhos, às vezes, só aumentam a distância.

No século XIX, alguns cientistas tentaram vincular características físicas (rosto, crânio, mãos, cabelos...) com tendências a alguns tipos de crime. Terreno perigoso, escorregadio; fértil para o plantio de preconceitos.

Hoje, sabe-se que quem vê cara não vê coração. Ainda que o inconsciente e nossa ânsia por decifrar enigmas rápido demais, colocando e lendo rótulos em tudo, pregue peças e nos engane.

Meus olhos claros, sensíveis à luz, me fazem frequentemente franzir a testa. Geralmente tenho a feição mais tensa do que o espírito.

Tenso eu estava, de verdade, quando precisei ser atendido num hospital, dia desses. A cada plantonista que chegava eu tinha que repetir para olhos incrédulos que, apesar de músico, tatuado, cabeludo e com dente de ouro, eu não havia tomado nada, estava só (só?!?!) com muitas dores abdominais. Era tão engraçada a situação que até distensionou meu corpo dolorido. "Não, Dr., como falei para os outros seis atendentes, não tomei nada."

(*)

Anatomicamente, minhas mãos não facilitaram minha vida quando quis tirar de instrumentos musicais os sons que tinha na cabeça. Venho de mãe e pai com mãos bonitas. Mas, por algum descaminho genético, para mim sobraram dois cachos com cinco bananas nanicas em cada. Com o tempo fizemos as pazes, eu e minhas mãos, hoje convivemos bem.

Já não fico sonhando com outra *interface* para ligar meu coração às cordas e teclas. Pelo contrário, agora agradeço a paciência que minhas mãos tiveram todas as vezes que as submeti, num mesmo show, a várias escalas de tamanhos diferentes: viola caipira, violão, baixo, bandolim.

Com o tempo desenvolvi um olho muito bom para dissecar e catalogar mãos de guitarristas. As que mais me fascinam são as que não se parecem com o som que geram. Algumas por motivos óbvios (o dedo cortado e a necessidade de usar uma prótese é o caso do bleque-sabatiano Tommy Iommy). Outras são anatomicamente diferentes do som que geram (me vem à mente o pinque-floidiano David Gilmour e Sting).

O maior de todos, Jeff Beck, além de não ter dedos fisicamente mágicos, como o som que tira de sua guitarra, parece tratá-los mal. Apaixonado por restauração de carros antigos, acho que já vi marcas de martelo e resto de graxa neles.

Bah, eu falo em Sting e fico com a canção *Roxanne* na cabeça. É o mesmo nome da personagem da clássica peça de teatro *Cyrano de Bergerac*, né?

140

Resuminho: Cyrano e Cristiano são apaixonados por Roxane. Cristiano é muito tosco com palavras e ideias. Cyrano é muito feio. Este resolve ajudar ao outro escrevendo belas cartas. Numa ocasião, até se disfarça para passar pelo amigo e – com o perdão da simplificação grosseira – "chavecar".

Pelo que me lembro, não termina bem esta tentativa de juntar forma e conteúdo, corpo e espírito, belas mãos e belas notas.

NO GUICHÊ AO LADO

O deus romano Mercúrio era um mensageiro. Geralmente é representado com asas no capacete e nas sandálias para simbolizar a rapidez de seus deslocamentos. Dizem que o planeta Mercúrio recebeu este nome por mover-se rapidamente no céu. Chama-se de "mercurial" algo instável e volátil, alguém temperamental cujo humor ou comportamento se altera inesperadamente. O elemento químico Mercúrio tem como símbolo Hg.

Eu sou um outro Agagê. Há quem me ache mercurial, sempre mudando de instrumento, estrada cheia de curvas... Sinceramente? Não me vejo assim. Tenho dificuldade de me desfazer de camisetas velhas e adoro tocar instrumentos antigos. Prezo muito relacionamentos longos, duradouros. Sou casado há séculos. Com a mesma mulher!

(Até acredito que a monogamia deixa a relação mais interessante. Mas isso só vale para quem tem o dom. Tentar forçar uma relação assim deve ser um inferno pra quem é de outra praia. Ok, ok, esqueçam estas afirmações. Além de serem politicamente incorretas no momento – culturalmente incorretas – não me interessa e nunca interessou dar pitaco no jeito como cada um leva a vida.)

Afinal, mercurial ou não? É possível que os dois pontos de vista aparentemente opostos sejam verdadeiros e complementares. Talvez eu mude para não mudar. Talvez ser o mesmo num mundo diferente seja uma grande mudança.

Definições rígidas e simplificadas são legais pra começar uma conversa no ônibus ou no bar, mas estas certezas esquemáticas rapidamente nos deixam na mão, são incapazes de desenhar o universo.

Quando se abre o peito, talvez pintem *talvezes* demais no papo. Mas a coisa começa a ficar interessante mesmo é nesse lusco-fusco, no espaço livre e verdadeiro que há entre ideias absolutas, mas falsas; buscando o que é permanente na mudança, sacando o que há de novo na repetição. Demasiado paradoxal? A culpa não é minha. Pode reclamar pr'O Criador (ou pro acaso – é só escolher o guichê).

E Hg, o que tem a ver com mercúrio? Vem de *Hydrargyrum*, prata líquida em latim. Bonita imagem, né? Metal em forma líquida. Elemento de transição. É o tal lusco-fusco.

CERTEZA E SURPRESA

Se, hoje, sou um cara despreparado para a vida pública, imaginem no início da minha carreira! Não precisa abafar o riso, pois eu mesmo me divirto com essa falta de preparo.

Eram tempos anteriores à www. A cada lançamento de disco, este morador da província passava um ou dois dias num escritório, na corte, dando entrevistas para veículos de todo o país. Constrangido de repetir sempre as mesmas respostas, ingenuamente eu tentava dar um tratamento personalizado a cada entrevista. Não se tratava de mentir, é claro; eu só tentava jogar luz em novos detalhes. E são inúmeros os detalhes quando se fala de criação. Tudo ali é detalhe.

Agora, façam as contas: num país com 27 unidades federativas, digamos que (fazendo uma média por baixo) eu falasse com duas revistas/jornais de cada estado: são 54 entrevistas. Se a primeira delas fosse linear e objetiva e, a cada uma, eu viajasse um pouco, na quinquagésima quarta eu teria viajado um bocado! Na geografia e nas ideias.

Quando a MTV estava preparando sua entrada no Brasil, testando formatos, fui convidado a participar de um programa-piloto. Um teste que nunca foi ao ar. Era um *ping-pong* com o convidado encostado num muro, o *paredón*.

Eles ainda estavam tateando o ambiente. O clima na emissora ainda era mais pra anos 70 do que 80. E estávamos em 1990! A maioria das perguntas tinha um tom de transgressão que já me soava passado na época. Chavões sobre sexo, drogas, roquenrrou, etc... o de sempre: prato feito para jovens por cozinheiros de meia idade.

Uma das perguntas nunca saiu da minha cabeça: "Você começa a fazer a barba sempre do mesmo lado?". Acho que eles julgavam ser um bom atalho pra saber se um cara é metódico ou inquieto, burocrata ou criativo. Como se fossem atitudes excludentes.

(*)

No seu melhor, a canção popular vive do balanço entre repetição e novidade. Balança nessa corda bamba. Anda no fio dessa navalha, tentando não cair no precipício do caos nem no abismo da previsibilidade.

Isto se dá no varejo e no atacado; nos poucos segundos de um compasso e nas décadas de uma carreira, na escolha das notas do solo e das canções do *setlist*. Está sempre presente a busca do mix certo, na esperança de que as duas asas batam em sincronia.

Algo que evite qualquer relação com o passado faz tão pouco sentido quanto algo que só queira repetir o passado.

Se respirarmos fundo e nos distanciarmos um pouco pra sacar a perspectiva, vamos ver que é limitado o universo harmônico e rítmico da música popular do que se chama "ocidente". A magia está em descobrir novas formas de cozinhar os mesmos ingredientes.

Há que se partir de um terreno comum para chegar a terrenos inexplorados. Desaconselhável disparar um canhão de uma canoa; a canoa iria para trás tanto quanto a bala iria para frente. É necessária uma base firme. Loucura e caretice podem ser bons temperos uma para a outra.

Nas gravações d'*O Papa É Pop*, recebi a visita de um grande músico que gravava no estúdio ao lado. Conversa vai, conversa vem, notei que ele olhava com estranheza para as paredes onde eu havia colado várias fotos e posteres (eram tempos pré-www, nosso imaginário visual era todo de papel). O olhar do colega se fixou num canto da parede onde eu havia colocado a ordem das músicas do disco e um cronograma das gravações. Não demorou para que ele ficasse zoando do meu excesso de zelo. Tinha razão, o companheiro. Mas não toda.

Respondi às ironias dizendo que sabia de cor e até acreditava em todo o *blah blah blah* sobre espontaneidade (no fim das contas, esta é a nossa matéria-prima: sensibilidade, sim; burocracia, não). Mas contra-ataquei argumentando que disciplina é liberdade. Há quem confunda espontaneidade com preguiça de pensar um palmo adiante. Apesar dos meus gráficos e cronogramas, era eu que virava noites e emendava dias ao sabor da inspiração enquanto ele, pretensamente livre, gravava em horário comercial com pausa todo dia à mesma hora para um lanche.

O que se quer (numa coisa boba como o cineminha da semana ou numa coisa fundamental como o amor da nossa vida) é certeza e surpresa.

O HOMEM DE SEIS MILHÕES DE DÓLARES

Meus defeitos são muitos e, a essa altura do campeonato, vocês já devem conhecer todos. Os reais e os inventados. Então, peço licença para papaguear meu real (talvez único) talento: quando se trata do controle remoto da TV, sou o cara. O gatilho mais rápido do oeste!

Sou capaz de acompanhar, ao mesmo tempo, filmes, jogos e noticiários. Vários deles. Ok, talvez não seja tão difícil: os filmes, com variações superficiais, contam quase sempre a mesma história. O mesmo vale para noticiários e jogos.

Zapear é minha forma favorita de não pensar em nada. Com o tempo, descobri que esta experiência, para mim tão tranquilizadora, pode levar à loucura quem queira assistir TV ao meu lado. Que meu casamento tenha resistido a tantos anos disso é só uma das provas que colho todo dia da força do amor.

(Minha *performance* zapeando foi dificultada pela chegada da TV digital. Nela, rola um *gap* entre a saída de um canal e a sintonia do próximo. Fração de segundos que parece uma eternidade para meus dedos aflitos. No equipamento analógico não era assim. Engana-se quem pensa que as coisas só melhoram com novos sistemas operacionais.)

Duas são as consequências mais imediatas desse apertar frenético de botões: (1) sou obrigado a trocar as pilhas do controle remoto com muita frequência e (2) fragmentos de imagens e frases sem aparente conexão ficam reverberando na minha cabeça muito depois que desligo a TV. Irradiação fóssil.

Numa dessas zapeadas frenéticas, fiquei sabendo que dá pra comprar cheiro de grama recém-cortada. Era um programa sobre automóveis luxuosos, e um *designer* italiano borrifava o aroma no seu escritório enquanto alardeava como aquele cheiro lhe trazia inspiração.

A TV já estava em outro canal e eu ainda especulava se o tal cheiro de grama cortada tem valor em si mesmo ou se sua força reside em trazer à lembrança a grama outrora cortada. O perfume causa o mesmo efeito para quem nunca sentiu o cheiro que o corte da grama libera na vida real? Tem valor absoluto ou só como disparador de lembranças? Prazer inato ou gosto adquirido?

Quando dei por mim, já havia flanado por outros canais. Saí do *design* de carros esportivos para entrar no Reino Unido da FIFA, corporação cujos tentáculos fazem a ONU parecer coisa de criança.

TV ligada sem volume. Eu, desligado como se observasse, hipnotizado, fogo numa lareira. Prestando atenção desatenta em algum jogo do campeonato inglês.

Fora das quatro linhas, nos painéis eletrônicos de publicidade em volta do gramado, caracteres do alfabeto chinês me surpreenderam. Ainda mais quando foram substituídos por palavras de alguma língua árabe. O que estariam anunciando aquelas letras chinesas, árabes, num estádio europeu para um sul-americano? Eram mesmo letras? Não faço a menor ideia. Pequeno grande mundo!

(*)

Há uma profusão de programas reconstruindo eras passadas na TV a cabo. Legal, para variar um pouco, ver arqueólogos no lugar de novelas, jogadores de futebol, televangelistas e *reality shows*.

O controle remoto, pequena liberdade alimentada por duas pilhas, é uma extensão da minha mão. Ligação tátil, na ponta dos dedos, sem tirar os olhos da ação. Mas eu estava num hotel, o controle era diferente do que uso em casa, me atrapalhei, dei comandos que não queria dar... meus olhos tiveram que sair da tela para encontrar o botão do volume.

O que encontrei foi, incrustrado no dedo médio da minha mão esquerda, um pedaço de grafite. É uma surpresa que se renova periodicamente. Como um alarme de rádio-relógio que a gente esquece de desligar e volta a tocar a cada meia hora. Eu sei que há um pequeno pedaço de grafite ali, mas esqueço. Não sei por que nunca o tirei. Sei: pela dor, pelo sangue e por preguiça.

Arqueólogo de mim mesmo, situei na segunda metade da década de 1980 o acidente. O estudante de arquitetura, tão atarefado com a entrega de seu projeto, mal sentiu o incômodo do dedo um pouco inchado, vermelho, latejando. Na escala de maciez (H, B, HB), suponho que o grafite seja um H. A espessura? Apostaria em 0,5. 0,7, mais espesso, teria mais dificuldade de se encaixar ali, perto da unha. Grafite 0,3 era muito caro e delicado para um cara tosco como eu usar.

Que tal este *Crime Scene Investigation* de mim mesmo? Assim vamos encaixando as peças que faltam no quebra-cabeça. Se meu corpo se acostumou a este corpo estranho, vou deixá-lo ali, em paz. Como rugas, calos e cicatrizes, para lembrar o que vivi.

Meu dedo, com seu minúsculo pedaço de grafite incrustrado, continuou a golpear os botões do controle remoto como se fossem as ancas de um cavalo alado que me levava a reinos distantes, outras coxilhas.

Grafites (desta vez coloridos, enfeitando fachadas inteiras, alegrando prédios sisudos) tomaram conta da tela da TV até o próximo toque na tecla *channel*, que preencheu a tela com tatuagens de corpo inteiro. E os desenhos nos corpos e nas paredes se embaralharam no sono que chegou. Toda boa zapeada termina com olhos fechados.

(*)

Cyborg – O Homem de 6 Milhões de Dólares era um sucesso estrondoso da TV na minha infância. Tempos de três canais, em Porto Alegre. Controle remoto? Não imaginávamos que existiria um dia.

(Seis milhões de dólares, o subtítulo da série, era um número mítico, necessário para a construção do homem biônico. Na época. Hoje, que tipo de centroavante esta cifra compraria?)

A emissora que passava o programa não pegava lá em casa. A impressão que eu tinha era de que a única casa do planeta que não estava sintonizada naquele canal era a minha. No dia seguinte, eu me sentia um ET na escola, *O Cara Que Não Viu Cyborg Ontem*.

Com o tempo, descobri um certo charme nesta condição de alienado televisivo e até comecei a tirar onda no recreio. "Cyborg, que porra é essa?", a frase deixava todos os colegas a minha volta boquiabertos.

AO SUL DE LIVERPOOL

Mesmo nós, acostumados a sua habitual agitação, estranhamos a inquietação do colega naquele recreio.

(Ah, o recreio! Doce paraíso iniciado e terminado pelo mesmo som: uma sineta que soava como música no início e como alarme de ataque nuclear no fim. Quanta diferença num mesmo som! Eram os 15 minutos que tínhamos para resenhar as novidades do colégio, conversar sobre nossas bandas favoritas e resolver todos os problemas do universo. Tudo isso enquanto jogávamos futebol com uma bolinha de tênis. Dois contra dois. Bancos servindo de goleiras.)

Ele estava com a cara tensa. Parecia tentar engolir um pensamento muito amargo. Desatento para o real motivo de estarmos matriculados naquela escola: os 15 minutos diários jogando bola.

Depois de acalmado o primeiro entrevero do jogo (foi gol, não foi – foi falta, não foi), numa pausa para água, ele desabafou: "Cara, descobri que John Lennon nasceu no mesmo dia do meu velho! Porra, que merda! Tchê, que injustiça!".

Quando a bola foi recolocada em jogo, o assunto – na verdade, um desabafo que não teve resposta, nem concordância nem contestação – morreu. Não sei quais caminhos tortuosos seu raciocínio percorreu para chegar à conclusão de que ele poderia (no seu entender, deveria) ser filho do John Lennon e de que seria mais feliz caso fosse.

Eu tinha dificuldade de entender esse rito de passagem: a superação do pai, conquista do espaço próprio, a planta que cresce fugindo da sombra das árvores a sua volta, buscando seu naco de sol... Já sem um pai contra o qual me insurgir, naquele tempo, eu até gostaria de um pouco de sombra.

Tenho me lembrado com frequência daquele adolescente ao sul da América do Sul, nos anos 70, transformando os normais entreveros entre pai e filho (posso, não pode – vou, não vai) num duelo com o destino. As desigualdades culturais entre Brasil e Inglaterra como pano de fundo para uma angústia provinciana.

Sabendo o que se sabe agora, eu poderia ter retrucado ao meu amigo: "Qual John Lennon?". O *beatle* foi um pai muito diferente para Julian e para Sean. Sequer foi um marido remotamente parecido para Cynthia e Yoko. Quanta diferença num mesmo ser!

Sabendo o que sei agora, eu poderia ter retrucado: "Guarda tuas angústias pras coisas que podes escolher". Mas, naquela manhã, eu só sabia que, se fizesse um gol, voltaria suado, mas feliz para a sala de aula.

O FOLE ENGOLE O GAITEIRO

dos segundos ao cauteloso ponteiro das horas. O sangue completando uma volta pelo nosso corpo, um tanto a cada batida do coração. A terra completando uma volta em torno do sol (ou o sol girando e a terra parada, para quem prefere). As bergamotas voltando a aparecer nas esquinas de Porto Alegre, as lojas do centro descendo suas portas de ferro...

Se tivermos sorte e/ou sabedoria, vários ciclos – de diferentes amplitudes – conviverão harmoniosamente. É sempre bom ouvir os cucos dos relógios interno e externo saindo da casinha em sincronia e cantando em harmonia.

Mas vez por outra, em vez de tentar harmonizar os ciclos, é inevitável aceitar o caos, ficar parado à beira do caminho tentando entender o que há de permanente em nós (há algo?) e o que é frágil fruto (semente, flor) das circunstâncias.

Normal. Há momentos para ficar boiando, subindo e descendo sem sair do lugar enquanto as ondulações, em ciclos, passam sob nosso corpo inerte.

E há momentos de remar vigorosamente para alcançar uma onda e surfá- la. O ideal é ter sabedoria para reconhecer qual desses momentos estamos vivendo. Nem sempre é possível. E a vida não é nossa babá, não fica esperando que a ficha caia.

Mas prescindir das circunstâncias ideais é um sinal de sanidade mental, né?

(*)

Boa Constrictor é o nome científico da boa e velha jiboia. Serpente sem veneno, mata suas vítimas no aperto, sufocando-as. Fecha o cerco pacientemente apertando a presa um pouco mais cada vez que esta expira. Inspirar, expirar, inspirar, expirar... até que... ciclo interrompido.

Faz parte. O fim pode chegar para o próprio universo que – dizem – se contrai e expande. Só o amor – sinto – tem sempre e para sempre terá o tamanho exato. Como o fole da sanfona, que abre e fecha e está sempre no tamanho certo. Soando acordes maiores ou menores, mas sempre do tamanho certo.

SIMANCOL E SIFRAGOL

Quanto tempo dura a mudança de ano? Tempo nenhum – o inexistente momento entre a meia noite do último dia de dezembro e a hora zero do primeiro de janeiro – ou a dúzia de dias que precedem e sucedem a virada?

É uma época estranha, ao mesmo tempo histérica e melancólica. Um bombardeio de diagnósticos e prognósticos, retrospectivas e perspectivas. Um espelho que nos visita a cada doze meses. E nós, se visitarmos esse espelho, o que veremos?

– *Ih, papo de autoconhecimento?!? Papo cabeça com baixos teores?!? Pópará!!!*

Ah, eu e minha boca grande, cabeça vazia e dedos ligeiros! Ouço o som de livros fechando, cliques de *mouses* fugindo do texto. Perdi meus leitores! Agora estou só nesta imensa página em branco.

Faltou *Simancol* – antiga gíria que transformava em nome de remédio a falta de noção. *Sifragol* era outra dessas gírias. Se mancar, se flagrar: ter noção de onde e como se está. Autoconhecimento? Estão aí os profissionais da psicanálise pra dizer que não é tão fácil quanto parece. Tem remédio?

Propriocepção é a capacidade de reconhecer, sem usar a visão, a situação do próprio corpo no espaço. Os grandes atletas e bailarinos possuem uma

Enquanto alma, espírito e consciência pairam no ar em silêncio enigmático, o corpo pode ser um bom começo de conversa com nós mesmos. Ele deixa pegadas. E o chão responde deixando marcas nos pés. Autoconhecimento? Dá uma olhada na sola dos teus tênis: as partes mais gastas te dirão como tens andado.

Surfar na própria *timeline* das redes sociais também pode ser revelador de como estamos nos relacionando com o mundo. Como um Sherlock Holmes a procura de nós mesmos, podemos descobrir, nos nossos perfis digitais, como queremos ser vistos (o que já é um bom indício do que somos).

Os caminhos para o autoconhecimento são vários. Infinito mais um. Este "um" é o seguinte: desconhecer um pouco do que somos também faz parte!

Faz parte seguir na esperança de que, na próxima estação, aeroporto, esquina, espelho, a gente se conheça melhor. Ou intua o que não é possível conhecer.

OLHOS ABERTOS

LETRA: HUMBERTO GESSINGER, 1989
MÚSICA: CAPITAL INICIAL

tenho visto no espelho
um aparelho de TV ligado
tenho visto a lua cheia
em cadeia nacional

tenho visto no espelho
olhos vermelhos, assustados
procuro, dias inteiros
no escuro, noites em claro

os caras que eu poderia ter sido
as caras que eu poderia ter tido

mas eu não quero sentir saudade
de um futuro pela metade
eu não quero sentir saudade
de um futuro que já passou

eu não quero sentir saudade
eu não quero sentir saudade
de um futuro que já passou
levando caras que já não sou

tenho visto no espelho
um aparelho de TV ligado
tenho visto a lua cheia
(um satélite artificial)

tenho os olhos bem abertos
mais por vício do que vontade
procuro, dias inteiros
no escuro, noites em claro

os caras que eu poderia ter sido
as caras que eu poderia ter tido

mas...

TCHAU RADAR, A CANÇÃO

LETRA: HUMBERTO GESSINGER, 2012
MÚSICA: RODRIGO TAVARES

só um rascunho
a folha está cheia deles
riscos e palavras
procurando um caminho

só um caminho
a vida está cheia deles
meu destino eu faço
eu traço passo a passo

sou um rascunho
pelo jeito a mão tremia
pelo jeito pretendia
passar a limpo n'outro dia

hoje estou só
hoje estou cheio deles
sou um rascunho
procurando um caminho

fica pra outro dia
ser uma obra-prima
que não fede nem cheira
não fode nem sai de cima

fica pra outra hora
ser um cara importante
se o que importa não importa
não dá nada ser irrelevante

só um rascunho
um risco na mesa do bar
carnaval sem samba
outra praia, mesmo mar

sou um rascunho
torpedo no celular
sem sinal na área
sem chance de chegar

não fica pronto nunca
não há final feliz
não há razão pra desespero
ouça o que o silêncio diz

não tem roteiro certo
não espere um *gran finale*
tampouco espere amiga
que a minha voz se cale

fica pra outro dia
ser uma obra-prima
que não fede nem cheira
não fode nem sai de cima

fica pra outra hora
ser um cara importante
se quem importa não se importa
tchau radar, vamos adiante

Para saber mais sobre o nosso catálogo, acesse:
www.belasletras.com.br
www.facebook.com/editorabelasletras
www.twitter.com/@belasletras

Este livro foi composto no inverno de 2013,
utilizando as famílias tipográficas Georgia, Dusthome e Engravers MT,
e impresso pela Gráfica Edelbra - Erechim RS - em agosto de 2013.